谜托邦
MYSTOPIA

华文推理新大陆
推理迷的乌托邦

万顺章 —— 著

我心遗忘的旋律

Wo Xin
YiWang
De
XuanLü

台海出版社

图书在版编目（CIP）数据

我心遗忘的旋律 / 万顺章著 . -- 北京 : 台海出版社 , 2024. 10. -- ISBN 978-7-5168-4017-7

Ⅰ . I247.5

中国国家版本馆 CIP 数据核字第 2024WQ1599 号

我心遗忘的旋律

著　者：万顺章

责任编辑：王慧敏　　　　　　　　封面设计：扁　舟

出版发行：台海出版社
地　　址：北京市东城区景山东街 20 号　邮政编码：100009
电　　话：010-64041652（发行，邮购）
传　　真：010-84045799（总编室）
网　　址：www.taimeng.org.cn / thcbs / default.htm
E - mail : thcbs @ 126.com

经　　销：全国各地新华书店
印　　刷：上海盛通时代印刷有限公司
本书如有破损、缺页、装订错误，请与本社联系调换

开　　本：890 毫米 ×1240 毫米　　1 / 32
字　　数：160 千字　　　　　　　　印　　张：7.625
版　　次：2024 年 10 月第 1 版　　　印　　次：2024 年 10 月第 1 次印刷
书　　号：ISBN 978-7-5168-4017-7

定　　价：59.00 元

版权所有　侵权必究

目录

引子　　　　　　　　　　001
第一章　割舌者　　　　　004
第二章　大提琴家　　　　013
第三章　一根藤　　　　　025
第四章　金鱼　　　　　　039
第五章　暗流　　　　　　052
第六章　殡仪馆　　　　　058
第七章　艺术家　　　　　069
第八章　晚餐　　　　　　080
第九章　虫儿飞　　　　　087
第十章　冰柜　　　　　　103
第十一章　欢乐颂　　　　114
第十二章　复仇者　　　　130
第十三章　食物链　　　　138
第十四章　共振　　　　　151

第十五章	父子	156
第十六章	金子	173
第十七章	暴雨	183
第十八章	蚂蚱	190
第十九章	呐喊	202
第二十章	真相	219
第二十一章	莫斯科	234

引子

李然准备去参加女儿莫妮卡的葬礼,是在一个阴雨连绵的午后。

此前,他携带着一只大提琴包,跟随一支弦乐团,从北京乘坐 K19 次俄式列车前往莫斯科。

每年秋令,莫斯科大剧院都会举行一场中俄音乐文化交流演出,以庆祝两国友谊,这支名为"茉莉"的弦乐团是中国今年的代表团之一。

列车从北京出发,经过唐山、山海关、昂昂溪、海拉尔,再到满洲里出境,再途经后贝加尔斯克、伊尔库茨克、叶卡捷琳堡……沿着几乎跨越地球周长四分之一的西伯利亚铁路,最终抵达莫斯科雅罗斯拉夫尔站。

车厢内的气氛很好,乐队成员谈论着苏联的文化,也谈论着列宁、斯大林、戈尔巴乔夫以及众多苏联的风云人物。之后,他们奏起了《喀秋莎》,吸引了附近俄罗斯乘客与列车员的关注。诚然,苏联已经退出历史舞台,它的文化、它的影响却如东欧天寒地冻的气候,从未消散。

李然是个大提琴手，他并未参与这次即兴演奏，与茉莉乐团的人也不相识。他静默地坐在隔壁车厢，琴包靠在肩上，里面是空的。

他只是一个旅客，而非这支乐团的演奏者。

列车在满洲里停靠，旅客需提供护照、签证等材料入境。在这半程的旅途中，他睁着眼睛做了一场梦。回到现实后，他匆匆逃离，不再乘坐列车前往莫斯科。

内蒙古的气温在九月份就已经转冷，他穿着一件皮衣，在一条冻土路上左顾右盼，西伯利亚季风把他的骨头和皮肤吹得结结实实，从远处看，跟一块风干的肉没什么区别。

他找到一家车站附近的旅店，办理入住手续。

进屋后，他脱下皮衣，搬来一把椅子踩上去，伸长胳膊拧下一个灯泡，把灯泡用皮衣包起来，啪地往地上一摔，挑出一块碎片。随后，他打开行李袋，摸出一个方方正正的小纸袋，倒出几片安眠药。他在床上躺下，把药往嘴里一送，拧开水瓶盖，吞了两口水。接着他用灯泡的碎片来来回回在手腕的动脉处割了好几下，直到血液顺着掌纹流到潮湿的地板上。

过了一阵，他的听觉变得灵敏起来，他能听见虫子在昏暗的屋内窃窃私语，他听见满洲里的列车在铁轨上驶过。他原本是要随它一同去莫斯科的，至于他为什么选择在这里了结这条命，他也说不上具体原因。

又过一阵，他眩晕了，出现了幻觉。他见到自己正坐在莫斯科大剧院的舞台上独奏，舞台下是他死去的母亲，他多年未见的父亲,他从前的妻子,还有他两岁的女儿——莫妮卡。如今,她应该已经七岁了,只不过他对她的记忆,一直停留在她两岁的时候。他入狱已有四年零三个月,女儿如今是什么模样,他真想象不出来。

正如那辆 K19 俄式国际列车会在数十个站点停靠,那些人和事就像他人生中的一个个站点,可终究,他决定在中途下车,独自走向生命的终点。

曾经极度自尊的他,如今只想苟且地逃离这支离破碎的生活。

为了减轻遍布全身经脉的恐惧和痛苦,他打开手机,放起一首柴可夫斯基的交响乐。音乐还没放几分钟,手机响了。他单手撑着床垫,支起宛如生了锈的脊椎,本想将手机关掉,一看来电的人是前妻陈雯,他犹豫几秒后接起电话。

电话通了。她什么话也没说,只有轻微的喘息声。

她也在那头听着李然的喘息声。

他们就像两只陷进沼泽地的羚羊,不安着,无可奈何着。

他等待着她说点什么,说什么都好,哪怕如从前般吼他一句:混账王八蛋。

倏忽间,陈雯终于开口说话:"李然,你回来吧,你女儿死了。"

第一章　割舌者

　　吴月婵八岁时目睹过一起凶杀案。那是一九九八年的谷雨时节，宁市双簧镇，一群孩子放学经过门水桥，桥下有一头老黄牛，大半截身子泡进水里，吴月婵和几个孩子趴在桥上。一个叫李玉梅的女人来接儿子李刚放学，李刚听到他妈的喊声，没理她，捡起桥上的石子扔黄牛。

　　吴月婵回头看了一眼，一个男人悻悻然走到李玉梅身后，举起一柄柴刀，用刀背狠狠地往李玉梅的后脑一敲。李玉梅整个人瘫了，四肢抽搐。孩子们吓得四处乱窜，只剩下李刚和吴月婵怔怔地站在桥上。凶手掰开了李玉梅的嘴巴，跟掏泥鳅似的把她的舌头往外一拔，然后用柴刀把舌头尖割了。

　　割舌后，凶手没逃，魔怔了似的就坐在桥上哭，两条腿在地上乱蹬。恰好吴月婵的爸爸吴德彪来接女儿，那时吴德彪还是个小警察，在镇派出所工作十年，从没遇到什么凶杀案，最近一起大案还是一个毒贩藏在了双簧镇山里，市里出动整个片区的警察参加搜查活动。

　　吴德彪认得那个行凶的男人，他叫范国忠，在镇上开了一家面馆,他和女儿常去他的馆子里吃面。没想到,一个平日里老实巴交的做面师傅竟然在大庭广众下杀了一个妇女。他看着桥上血淋淋的场面,胃里一阵恶心,膝盖骨也跟被剐了似的,站都站不稳。

范国忠看到吴德彪后没有抵抗,他皱着一张苦巴巴的脸说:"德彪,你把我铐走吧。"

吴德彪双手一摊,说:"我没手铐。"

于是,范国忠把捆在柴刀柄上的麻绳扯了下来,把柴刀往后一扔。"给,你用这个捆我。"

他转过身背对着吴德彪,双手自觉交叉放在背后,吴德彪心惊肉跳地拿起麻绳,将他捆了起来。

八岁的吴月婵目睹了整个行凶过程,这让她做了好几天噩梦。那场案子后,吴德彪拿了一个一等功,上了报纸。范国忠后来被判了死刑,枪毙了,但此事的影响没有消除。孩子们都不敢过那座桥,传闻桥上有个女鬼,半夜三更见着人就问,有没有看到她的舌头。

起初,村里人对李玉梅十分同情,她头七那天,门水桥上还摆着几十条猪舌头,想把李玉梅的"鬼魂"打发走。后来村里开始有了这样一个传言:四十多岁的老光棍范国忠好不容易谈了一个外地女朋友,在纺织厂工作,跟李玉梅一个小组,李玉梅在厂里跟那女的嚼舌根,污蔑范国忠有性病。后来,范国忠女朋友跟他分了,与厂里另外一个男的去了广东,范国忠因为这事才起了杀心。

消息传开后,人们又把桥上的猪舌头给收走了,他们觉得,范国忠有点"替天行道"的意思,说他一辈子老实巴交,本可以娶妻生子,过上好日子,怎么那么想不开杀了一个长舌妇。

吴月婵那时小,她向她爸打听这案子,吴德彪问女儿:"你是不是和那些人一样,也觉得李玉梅该死?"

吴月婵没回答。

吴德彪说:"我们队里都调查过了,李玉梅和范国忠的女朋友根本不在一个小组里,两人也不认识,怎么可能是李玉梅嚼舌根呢?我们大队联系了范国忠的前女友,她说范国忠这人精神本来就有问题,常酗酒打人,她受不了范国忠,这才下决心走了。岂料范国忠听信谣言,一时无处发泄,冲动杀了人。"

从这个角度看,李玉梅确实死得很冤。真相往往隐匿在沟壑纵横的人心里,它不像一个指纹,能一按就呈现出明显的纹理。这事对吴月婵触动很大,因为一条谣言,李玉梅被凶手割了舌头,还被大家剥夺了申辩的权利。她认为,就是那些散播谣言的人一只手接着一只手把刀子递到了凶手手里。

此后十四年,镇上相安无事。吴德彪被调到市刑警大队,当了副队长,吴月婵大学念了新闻系,顺利毕业。

毕业后,她去了一家名为《宁市生活周刊》的报社应聘,社长打听到吴月婵她爸是刑警队的,让她入了职,盘算着她近水楼台,兴许能跟到什么大案。现在纸媒不景气了,社里正在搞新媒体,新媒体的传播速度快,覆盖广,只要新闻上了头条,能接不少广告,自然就能盘活报社。更有一些财经类的媒体为了创收,通过写负面报道敲诈企业,直至逼迫对方成为自己的合作企业在报刊上投放广告，转而正面报道对方。近期国家整治了不少这种无良媒体，否则继续放之任之，媒体将不再是社会的公器，而成了一种犯罪的凶器。

月婵刚进单位的时候有些不适应，社长嫌她写稿慢，对着她一通批评，说她把新闻变成了旧闻，犹如让读者吃隔夜饭。月婵不解，道："新闻不就应该慎重客观地陈述事实吗？作为新闻工作者，理应帮读者梳理案件脉络，把最终的真相明明白白呈现在读者面前。"社长没想到吴月婵这么不开窍，他说："现在是碎片化阅读时代，人的耐心只有三分钟，你要做的，就是把这三分钟给偷过来。你组长没教过你吗？新闻要短小精悍，要有猎奇性，把人的胃口吊起来。"吴月婵的脾气犟，一句也没听进去，还呛了两句："按你这么说，我们跟一些八卦周刊有什么区别？一点严肃性都没有了。"

社长肚子里的火一下子被吴月婵拱了上来。他站起身，把自己的办公椅向吴月婵一推，做出一个邀请的手势："要么社长你来当？"

吴月婵没处说理，憋了一肚子气，离开办公室。社长嘴里嘀咕道："要不是你爸是刑警队的，我早把你开了。驴脑袋！"

吴德彪刚从外地办事回来，开着桑塔纳去女儿单位。为了避嫌，他把车停在距离报社两百米的一家面馆门口，在隔壁小卖部买了包云烟，抽着烟走到女儿单位。吴月婵拎包出来，脚步飞快，吴德彪赶紧追上去拉住她胳膊。吴月婵冲她爸吼："哎呀，你烦不烦？"

吴德彪把烟一扔，用鞋一踩："怎么啦，受欺负啦？走，我把他铐走。"

吴月婵咂巴了一下嘴："你堂堂一个副队长，能不能正经点？"

吴德彪嘿嘿一笑，他知道女儿的脾气不好惹，准跟单位同事闹矛盾了。

父女俩走到面馆吃面，吴月婵刚吃两口又放下筷子，此时吴德彪已经把碗里的面吃完，吴月婵索性端起碗，把面全倒在吴德彪的碗里。吴德彪了解女儿，她要是不想说事，你把她嘴巴撬开都没用。他不记得从什么时候开始女儿有这种间歇性自闭的倾向，大概是青春期，当时镇上很多孩子都在传情书，而自家女儿没有绯闻对象，成天关上房门看书。有一回去学校开家长会，才得知女儿在学校的外号叫"尼姑"。孩子们还常拿《笑傲江湖》里令狐冲的名言嘲弄她："一见尼姑，逢考必输。"不过女儿还挺争气，次次考第一，从来没让自己操心过，不知是好事还是坏事。

吴德彪胃口极好，第二碗面也吃干净了。

吴月婵问吴德彪："你晚上不回家吃饭啦？不怕我妈揍你？"

吴德彪压低嗓门说："不吃了，晚上八点有个会，来了个案子。"

吴月婵两眼放光："什么案子？跟我说说。"

吴德彪拿起筷子在碗上敲了两下："你们这些做记者的，真得改改身上的臭毛病。还记得以前台湾有一起绑架案吧，一个女明星的孩子被绑架了，本来案件的侦破已经在警方部署中，谁知那帮媒体全程跟踪报道，凶犯最后一急就撕票了。你要尊重你老爹一个人民警察的身份，家里事咱们不分你我，公务事，咱们就要划清界限。"

吴月婵给吴德彪翻了一个白眼，心里倒是挺佩服这个讲原则的老警察。警方通报没下来，媒体报道就可能干扰司法程序，新闻一旦失真，极有可能引发谣言和恐慌。她时常想起十四年前那起割舌案，让她感到不适的不只是李玉梅因为一条谣言被割了舌头，而是这么多年过去，镇上虽相安无事，但人们经过那座桥，谈论起往事，却仍然在为范国忠这个杀人犯辩护。

当年高考，吴德彪想让女儿考师范，铁饭碗，而月婵坚持要做媒体人，没得商量。她认为这是自己的使命，社会需要客观理性的声音，去驱散疑云，驱散谣言，把光照到人心中的阴暗角落，让扭曲的人性无所遁形。

吴德彪将女儿送到家，旋即去单位开会。侦讯室内，警员们严肃落座，警员胡明轩打开投影仪，放出受害者照片。

胡明轩为同事介绍案件情况：死者是一个七岁女孩，名为李舒寒，家住在金城花园，是一九九七年建的老小区。那一带有几家外贸服装厂，工厂北边就是金城花园，周围还有几栋老小区，几乎都成了工厂的职工宿舍。根据规划，这几家外贸工厂过几年就要全部搬迁，有一些民房已经拆迁，居民都搬到安置小区去了。死者就是在其中一处废弃的居民楼里被发现的，居民楼在金城花园西边，隔了两百米。法医初步鉴定结果出来了，死者死于中毒，发现她时，尸体躺在楼梯下，套着六只黑色的环卫塑料袋，被一张旧窗帘盖着。死者的母亲昨天报的案，说孩子失踪了半天。队里派人去那儿调查过，今天才发现女孩的尸体。

吴德彪看一眼投影仪上孩子的照片，弯弯的柳眉，长长的睫毛，五官清秀端正，这让他想起了自己女儿小的时候。自己做警察几十年了，也见过不少死者，面对各式各样的死状，他早已训练出强大的心理素质。然而警察也是人，脱掉警服，他就是一个父亲，他只稍稍代入这层身份，就悲恸不已。他心里想，这孩子家长此时得有多绝望，这就跟把人的心给挖了一样。

吴德彪叹息一声，问道："小胡，女孩……被性侵了吗？"

胡明轩摇摇头说："没有，衣着都是完整的，没有性侵痕迹，也没什么外伤，就是死于中毒，血液还在化验中。"

吴德彪把手上的案卷往桌上一拍，一股狠劲把身体支棱了起来，说道："这案子不难破，从案发时间到找着尸体，间隔不久，凶手多半就是这片区的人。把能调的监控全部调出来，咱们非把他揪出来不可。"

胡明轩说："是，我们尽快破案。案子发生后，已经引起了那一带居民的恐慌，网上现在有很多谣言，社会反响非常恶劣。"

吴德彪扭过身，对宣传科的小林说："小林你联系一下宁市一些有权威性的新闻媒体，发布一下初步的案情通报，记住，稿子都要审过，不要引起社会恐慌。"

小林说："知道了。"

吴月婵在社里很快知道了消息，社长委派她全程跟踪案件调查。看来，吴德彪说的那个案子就是这件女孩被害案。出乎她预料的是，案子当晚就破了，"凶手"就住在这片区的宿舍楼里，跟受害者家相隔不远。犯罪嫌疑人十九岁，个头一米六，无业，据说有智力障碍。案发的第一现场在凶手家中，傍晚七点左右，他从家里将女孩尸体带到了西面的废弃居民楼里。近期这里的工厂在赶一批羽绒服的外贸订单，职工一般加班到晚上九十点才回到小区，七点左右小区里基本没什么人，也就没有目击证人。不过小区西门有一个监控，抓拍到一段他抱着女孩尸体跑过的影像。根据当地职工的指认，由于嫌疑人有很明显的特征，很快被抓获归案。

吴月婵坐在电脑前，开始写第一手报道，可直至深夜都没敲出一行字。她还没来得及去实地调查、采访，警方那边也没有给出案件最终的定性，目前的证据只能证明嫌疑人有抛尸行为，至于他为什么要杀害受害人，动机是什么，他究竟是不是案件的真凶，还无法给出结论。

她打开手机，同行们已经通过各大社交网络平台发布了一系列报道，一些自媒体人也开始各种猜测与分析。她找到其中一篇，《悲剧！宁市七岁女孩在职工宿舍惨遭谋害》，这篇报道今日占据了各大新闻版块的头条，如一轮灼眼烈日，任谁都无法视而不见。

这篇新闻不带血迹地将命案描述得细致入微，作者用手术刀般的笔触剖开细节，读者们一个个拿着放大镜围观，如身临其境。里面的每一句话、每一个字，看似冷静客观，实则在煽动人心，只要怒火烧起来了，它便有了传播性，读者便起了正义感，不吝批判。

吴月婵觉得这篇报道不仅不严谨，字里行间还闪着白刃，它

第一章 割舌者　011

虽没有直接指出凶手，但已经在潜移默化地引导读者把那个男孩当作凶手，并把刀子递给读者。新闻的评论区里全是充满戾气的言语，俨然成了一个对"凶手"公开处刑的现场。

办公桌前摆着陀翁的《罪与罚》，她想人心其实比万物还要诡诈，人总是倾向把自己粉饰成正义的一方，用不正义去对抗不正义，这不仅不是正义，反而折射出一种卑劣且邪恶的心理问题。在当今社会，人们似乎依旧很难摆脱这种病态的行为准则。

她想起了儿时目睹的凶杀案，那起案件之于自己，就是一个寓言。每一起案件背后都有一些潜在的诱因，而这些因素往往不能作为法庭判决的根据，但若不把事件全貌查清楚，它对社会产生的负面影响将是持久且深远的。

她不愿在一片充满迷雾的海中泅浮，她要潜下去，潜到底。

第二章　大提琴家

在得知女儿死讯后，李然整个人定住了，像被一股力量蓦地拍成了一张人体油画，又像一张中药馆里被刨去内脏继而风干后的蛇鼠的皮囊。若不是他随后呜咽起来，身形如被热油煎炸后自然弓起的基围虾，他看上去定是死透了。

半小时左右，他从床上爬了起来，浑身麻木，只得靠身体的痛觉神经去驱动自己锈蚀的躯壳。

他为自己包扎好伤口，从满洲里赶回北京，再从首都国际机场飞向宁市栎社机场。

在回宁市的飞机上，他打开了一本一直放在身边的《白鲸》。这本书讲述了一个凄楚的故事：一个捕鲸船长在遇见一头白鲸时被咬掉了一条腿。从此，他认为这头白鲸是世间一切痛苦的象征，他发誓要追杀掉白鲸。他搜遍了全球最荒芜的海域，终于跟他的宿敌迎面相逢，两者同归于尽。

在书的扉页上，是那时候陈雯给他留的一行字：

李然：人除了追求卓越的人生，还应该去看太阳如何升起，花儿如何开放，恋人如何相爱，愿你的生活总是快乐更多。

陈雯

他合上书，闭上眼睛，回忆起过往种种。他想，她曾经或许是这个世界上最爱他的人。

陈雯曾对他说，她希望他能有一个跟《白鲸》相反的结局，我们每个人都应该学会和生活和解，学会宽恕自己，在平淡无奇的人生中寻找生命的闪烁点。

如今，他们之间唯一存在的纽带，就是仇恨。这种仇恨有多深呢？他形容不出来，他只记得他们在那段糟糕的婚姻中发生了无数次争吵，咒遍了对方祖宗十八代。最好对方是去死，用最痛苦的方式去死。

显然，她的诅咒快要应验了。

她要向出狱的李然复仇。她变成了捕鲸人、追凶者，而李然成了那头白鲸。

飞机因为起雾晚点了三小时。李然不仅错过了女儿五个生日，还错过了她的葬礼。就这样，这个混蛋父亲几乎缺席了女儿短暂的一生。

当李然来到墓场，亲友已经散去，陈雯也不在了。他父亲李建明在葬礼结束后一直等着他。

在霏霏细雨中，李然先是看见了李建明佝偻的轮廓，随后是那张清癯的面孔，两只涣散的瞳孔几乎消融在迷雾中。李建明等到李然后，撑着雨伞，顺着台阶一步一步向李然走过去。

父子俩在伞柄的两边，心若悬隔万里。

"你才来啊，事都已经办好了。"李建明缓缓开口，并不疾言厉色。

"嗯……辛苦了。"

"你的手怎么了？"

"只是受了点伤。"

李建明又仔细打量了一下李然缠着绷带的手腕，没再继续问下去。他们父子关系一直如此僵冷，李然入狱四年多，李建明也从未探视过儿子。

李然漫不经心地看了一眼李建明的脸孔，他老了，鬓角全白，比从前任何时候都憔悴。

李然弯下膝盖，轻轻地摩挲着墓碑上女儿的照片。

李建明说："这人的命啊，就跟钞票一样，有的面额大，有的面额小，但总是要花完的嘛。"

李然没说话，只是站起来在李建明的肩胛骨上拍了一下，恰如一个苍白无力的回答。

李建明随后从兜里掏出一根红塔山，递给李然，他们在墓地上抽起烟来。半山腰上，眼前的云层黑压压一片，像被火烧焦了似的，远处有一片野生的小麦，被风推过来推过去。父子俩就只是看着，缄默不语。

烟抽完后，李建明把伞丢在李然旁边，一个人走了。

李然在台阶上坐了好久，雨没有要停下来的意思。渐渐地，他甚至察觉不到它的存在，兴许心里已然疾风骤雨。

他想起了女儿刚出生时的样子。她真的丑极了，而且嗓门很大，哭声持续了半个多小时。等她不哭的时候，他用手指挠一挠她的掌心，然后，她把他的整根手指握住，那一瞬间，他感觉自己的心脏好像被她捏在了手里，那种悸动，时至今日他都记得清清楚楚。他轻轻地亲了一下她的脸颊，她什么都不知道，只是紧紧把手握着，静静地睡着。那时候他便想，这世上突然诞生了一个新生命，她经历了宇宙时空中无数错综复杂的巧合与筛选来到他身边，这让如同尘埃的自己顿时拥有了一种无比伟大的使命感。

他记得那日傍晚，一片阳光洒进产房的窗台，孩子在床上熟睡，陈雯正在听歌。他把一只耳机从她的右耳摘下，塞进自己的耳郭里，是张国荣的 *Monica*。

他说："我们就叫她莫妮卡吧。"陈雯说："好呀，就叫莫妮卡。"

墓场最后一班回城巴士就要开了。李然坐着巴士赶回市区，在中山公园下车后，他搭出租车来到了五年前和陈雯一起生活的小区，自从他们离婚后，他再没回来过。如今小区更加老旧，住满了附近服装厂的外来务工者。附近饭店开了好几家，一群工人刚下夜班，围坐在饭店门口等夜宵，店内火油四溅，热火朝天。

李然决定从西门进去，西门附近的民房已经拆迁，剩一堆坍倒的砖瓦。自从这里发生过命案后铁门就被锁了。再过一年半载，宿舍楼也全都要清空，按照宁市规划，这片地以后要拆干净，进行土拍，相距两公里的高架已经通车，地铁三号线也要经过这里。外贸工厂会得到政府补贴，都搬到远郊去，在那里造一个经济开发区，再整合一套完善的跨国贸易物流体系。

工人们在这儿能待一阵待一阵，毕竟租金便宜，工厂能多做几箱订单就多做几箱，工价便宜，两者连轴转，一切如常。至于老居民，拿到了拆迁款，住进了安置房，连连办喜事，多添人丁，荷包至少吃三代。

没人不满意。

李然绕到另一个门，小区保安端着个热水壶出来，瞧了他一眼，是陌生人，但没过问，直接让他进去。整条步行道上黑魆魆的，只有两盏路灯开着，绿化带上的草皮是秃的，上面有许多老鼠洞。没走几步，一只老鼠从附近露天的垃圾站里跑了出来，顺着墙壁，几步一停，转转脑袋，再钻进洞里。

打从拆迁通告下来的那个日子起，整个环境日趋糟糕，无人打理。

李然走到他曾经住的那幢单元楼，踩着看不清的台阶，走到三楼家门口，敲了敲门。

陈雯开了门，没正眼看他。她用五指撑开一根皮筋，把头发扎起来，几缕发丝还遮着眼睛，自顾自收拾东西。她准备离开这个家，但没说要去哪儿，经受了这场劫难后，她开始谵妄，时常恍惚，抑或梦魇，想哭却挤不出一滴泪来。

李然记得她曾经是一个美人，既自由又快乐，如同一只色彩斑斓的野蝴蝶。

现在，她的手变得粗糙，眼角长满皱纹，神情抑郁，好似只剩下了一张空空荡荡的皮囊，稍动一下就能听见骨头碰撞的声音。

"我今天来晚了。你饿了吗？要不去外面吃点吧？那家面结面还开着吧？"

陈雯不置一词，在客厅里手脚不停，忙忙碌碌。不经意间，她从沙发的缝隙里找到女儿的一个发夹，她在原地怔了一会儿，鼻翼一张一翕，然后走到书柜前，翻出一个收纳盒，打开，盒子里还有一个同样的发夹，正好凑一对。

此时，她笑了，笑容随着眼角的皱纹漾开于空气中。

陈雯捧着盒子走到李然面前，说："李然，我真的找了好久，这一对终于凑齐了，你女儿真是太能丢东西了。"

李然局促不安，她的笑就跟一把匕首似的，顶着他的喉咙，让他嘴里一个字都蹦不出来。

陈雯把收纳盒放在沙发上，拉了拉李然的胳膊。"来，帮我把沙发抬开。"

李然跟陈雯一人一边，把沙发从墙角挪开。沙发底下全是发夹、皮筋、糖果，还有一些小玩具。

"都在这儿呢，妈妈找到了，妈妈都找到了。"陈雯欣喜着，又痛苦着，像是在毫无希望的生活中得到了意外的馈赠。

陈雯刚要去捡，倏然间整个人跪倒在地，额头与膝盖贴在一起，撕心裂肺地喊叫起来。李然没去搀扶，而是将地上的小物件一个一个都收罗起来，跪滑到陈雯身边，递给她。

"别过来——"陈雯朝李然吼了一声，用一种比刀子还要锐利的眼神盯着李然,"那家面馆已经关了三年了——李然,你还要问什么?"

陈雯的虹膜变成了琥珀色,如虎眼,双手掐住了李然的双肩。李然的腿骨几乎要跟关节脱离,宛如老式家具中的榫卯被岁月腐蚀,让他整个人都跪不稳了。

"陈雯,如果你不想见我,我可以走。但有些事,我要问清楚。"

"你问,快问,不想再跟你多待一分钟。"

李然神态畏缩,身体战栗,宛如一只被虎爪死死按住的羊羔。既然无法虎口脱险,他索性强行让自己镇定一些:"我——我女儿到底怎么没的?"

陈雯松开了擒拿的姿势,她站起身,脊椎仍有些弯曲,以一种揶揄的口气说道:"你没看新闻吗?还是不敢看?那我现在告诉你。凶手就住在对面的宿舍楼里,他把莫妮卡骗回家,给她吃了老鼠药,又把她拖到了小区后面一间房子里。我报警后,警察找了好久才找到她。她该多冷,多孤独,多绝望?是我没当好妈,没看好她,我真想拿我的命去换,我这辈子完了。这明明是一桩谋杀案,公安局调查后却说这不是刑事案件,而是意外,并且那个凶手有什么认知能力障碍,不用承担刑事责任。李然你信吗?"

听了陈雯的叙述,李然一头磕在地板上。

他当然不相信这是过失杀人,这分明是一桩谋杀案。他心有愧疚,认为自己没资格当一个受害者,而是这起案件的帮凶。如果他没有离开她们母女,没有去坐牢,能履行一个做父亲的责任,女儿就不会死。这种罪恶,哪怕他穷极一生都赎不清了。

陈雯惧怕去回忆这件事，她尽了一切努力去找媒体，找律师，找警察，都无法得到她想要的判决。即便凶手被绳之以法，女儿也回不来了。这种对命运无力的抗议，让她越来越疲惫，越来越痛苦，连滚带爬地呻吟，却得不到一丝慈悲的回音。在女儿被冷冻了一个月后，她才终于狠下心将她火化，也一并将自己的灵魂烧干净了。

整理完房间后，陈雯什么东西都没带走，女儿死后，她近一个月没有回到这间屋子，躺在这一隅天地就像把活人装进棺材，听着命运一锤子一锤子无情地敲着棺材钉，躯体随着灰尘一颤一颤，直到自己一口气都喘不出来。

与李然见完这一面，她下定决心要逃出去。在"出棺"前，陈雯把房子钥匙放在了桌子上，对李然立下判决："你替我在这儿待一阵子吧。"

李然得到这个荒诞又极具惩罚性的审判结果，他没应声，默许了。他知道，陈雯是想把他给活埋了。

之后，他如同一个外来者般在屋里走来走去，脚步是无声的，丝毫不敢落下身体的重心。屋子收拾得很干净，几乎一尘不染，所有物件都按照陈雯缜密的性格摆放得整整齐齐。

客厅墙上挂着一张莫妮卡的照片，照片里的她在笑，微微的，几乎看不见，就像午后叶隙中疏落的阳光。而李然却着了魔似的，一直寻找她的哭声。

莫妮卡是个非常漂亮的孩子，有一双会说话的眼睛，在她的眼角下有一颗淡淡的泪痣，和李然脸上的一模一样。她的每一分每一毫，都在向李然证明他们的血肉不可分离。

他走进了她的房间，床边的小书桌上摆放着许多童话书。她和许多孩子一样喜欢画画，李然拿起书桌上的一张画，上面画着她和妈妈手拉着手站在一棵结满爱心的苹果树下。画里没有爸爸，但是苹果树长着一双长长的手臂，向她们敞开怀抱，这是每一个孩子内心都渴望的安全感。

李然想，如果女儿还活着，如果能重来，他想当一棵树，为她遮挡风雨，她一定会拥有一段灿烂的人生。这种事后的反思与妄想是毫无用处的，只会让他为自己的狡狯感到恶心。

接着，李然来到储藏室，他看到他当初离家时没有带走的一把大提琴。

它冰冷地靠在墙边，没有一丝灰尘，看来陈雯从未在生活中清除关于李然的所有，一直以来，只有他自己想把自己埋起来，擦除自己所有的痕迹。

李然把大提琴从储藏室拿出来，坐在椅子上拉动琴弓，一些记忆也随着弦乐涌上心头。

他和陈雯相识在十年前，那时候李然二十四岁，是一家音乐学院的毕业生。从小到大，他都是偏执型人格，没有优渥的家庭，没有出众的才能，却比谁都渴望拥有一段卓越的人生。

毕业后，李然加入了一支管弦乐团，在省内四处表演。有一次他和陈雯都参加了一家外贸企业的新年晚会，陈雯当时是一名舞蹈演员，在节目结束后，所有的演出嘉宾被安排在一家老饭店用餐，李然和陈雯挨着坐，一来二去，两人熟络了，相约下回去老南塘见面。

此后，他们更加默契，犹如火柴头遇到了红磷，一擦就起了恋火。他们确定了关系，一起租了一间公寓，住进了火柴盒里。两人常脱光衣服在淋浴间一块洗澡，陈雯会给他搓背，李然会在她肩胛骨上重重地吸一口，她皮肤随之产生的印记就像是一只血蝴蝶，好似随时就要飞出来。

"给我拉会儿琴吧。"

陈雯喜欢听李然拉琴，有时候，她听着听着就会掉眼泪。她说他的琴声会让她想到一些已经死去的人，哪怕她从未见过这些人。

有一次，当李然拉完琴后，陈雯对他说："你知道吗？有一种很特别的海绵动物，中文名叫'偕老同穴'，生长在深海。这种海绵像一个网兜，四周布满小小的孔。它之所以叫这个名字，和一种称为'俪虾'的小虾有关，这种虾小而纤弱，在它们很小的时候，常一雌一雄从海绵小孔中钻入，生活在里面既安全又能得到食物。从此，两只小虾过上了幸福的同居生活，没有争吵，没有危险，只有平静和安逸。后来，小虾慢慢长大了，大到它们在海绵体内再也出不来，两只虾只好相依相伴，直至死亡，因此人们把这种海绵称为偕老同穴。这个故事是不是很美？"

"嗯。"

直到很久以后李然才领会到，她所说的那两只俪虾，就是他们自己。

李然一直都不满足于自己的生活，事业没起色，又缺运气，面试了好几家有名气的乐团都没成功。整个人的心态如同《人虎传》里所写的那样：我生怕自己本非美玉，故而不敢加以刻苦琢磨，却又半信自己是块美玉，故又不肯庸庸碌碌，与瓦砾为伍。

多年来他一直处在这种半吊子的状态，高不成低不就，从而陷入了迷惘和焦虑，有时需服用一些抗抑郁的药物。而陈雯只想过平平淡淡的生活，她想让李然放弃不切实际的幻想，脚踏实地，稳中求进。她经常会安慰道："不能拉琴，咱们可以做其他事嘛！日子总过得下去。"

相处久了，爱情的果实过了保质期，氧化了，继而腐烂。两人好像找不到能再让彼此愉快的事情，事事谨小慎微，句句斟酌推敲。他们无法理解彼此，也无法做到宽容。

直到陈雯怀孕了，他们在舟山外海的一个小岛上举办了简单的婚礼。婚礼结束后，他们一起赤脚走在海岸边，看着蓝色的海萤被海浪冲过来，又随着浪潮退了回去。

陈雯问李然会不会永远爱她，李然说会，没有片刻犹豫。他们都以为做了父母，换个身份就是新的开始，女儿的出生会为彼此孕育新的人格。从此以后，一张桌子有了三条腿，总能让家庭更稳固。

与此同时，李然得到了一家知名管弦乐团的邀请函，让他去北京面试，李然想都没想就瞒着陈雯去了。这回他运气来了，成功得到一个大提琴手席位。这支乐团以演奏中国民乐为名，需要经常出国演出，尤其是到一些东欧国家。陈雯得知后尽是愤怒，她刚生产完，每天不是换尿布，就是隔两小时起来喂一次奶，自己又是漏尿又是抑郁，整个身子都垮了，而李然倒好，说走就走，什么事情不能在这时候放一放？他根本不理解一个产妇需要承受多大的煎熬。

陈雯三番两次用自残的方式胁迫李然，甚至抽出了刀子，让李然最终没能去成北京。李然无法理解陈雯的癫狂，他心里堆积着无处发泄的怨恨，几近把自己折磨疯了。回头看来，那是他们人生的分岔口，他们都认为彼此正在摧毁对方的生活，俨然将婚姻过成了一场自相屠戮的战争。

李然受够了她的疯狂、猜疑、剥夺与控制，害自己在"牢狱"中无法脱身。这样的争执过了两年，愈演愈烈，甚至进化成暴力，把两个人活脱脱变成两只野蛮的动物。

之后，李然和陈雯离婚了。抚养权归陈雯，她成了一个单亲妈妈，李然一直晃晃悠悠，生活毫无起色。直到那件事发生，他入狱了，亲手把自己毁得一塌糊涂。

他有时候真想就这么死了，一了百了，下辈子从头再来。可命运对他的审判远不止于此。他的孩子死了，而凶手只被判处了两年的管教。这种悔恨交织的情绪，让他身在尘世，心已坠入炼狱。他想起父亲那句话，人的命就像一张钞票，有的面额大，有的面额小，但总有花完的一天。他的命还没有花完，他要把事情查清楚，他要赎罪，要复仇，再将他的"钞票"烧掉，结束这苟且的人生。

李然拉着拉着，手里的琴弓仿佛变成了一把利刃，他放慢节奏，小心翼翼地演奏起这支复仇的乐曲。

第三章 一根藤

十月的宁市,暑气难辞,陈小雨一个人待在屋内,坐在电扇前边吹风边听收音机里的广播。她身穿一件背心,一条短裤,光着膀子和腿,过一阵,她索性把背心撩开,让风把背心吹得鼓了起来。

再过一阵,她有点忧伤,于是趴在窗台上,用耳朵探寻外面的声音。

她希望今天能下一场雨,听说她出生时外面就下着小雨。"小雨能为万物解渴,能让生命复苏",妈妈说这是她名字的由来。她喜欢"小雨"这个名字,只有在下雨时她才觉得自己不孤独,她可以跟着雨,顺着风,与大自然融为一体。这种奇妙的想象,一直伴随她的童年。

小雨今年六岁,眼球先天萎缩,什么也看不见。她有个异父异母的哥哥,叫宋小彪,十九岁,智力却停留在十岁左右。母亲王得胜离异后带着小雨从江西外嫁到宁市,宋小彪是男方的儿子,而男人早已失踪,他们三个就租住在一片外贸厂区附近的老小区里,算是相依为命。

小雨跟宋小彪关系最好，两兄妹没血缘关系，但不分你我，彼此认定是这世界上最好的朋友。宋小彪虽有智力障碍，有时候控制不住脾气，但在小雨眼里，他跟一个孩子没什么区别，有着特别天真单纯的一面，两人沟通起来毫无障碍。每次宋小彪焦躁起来，小雨就如一个驯兽师，马上能让宋小彪冷静下来。而小雨只要受到欺负，宋小彪会第一时间给妹妹报仇，为此，宋小彪惹了不少麻烦，在这片小区不受待见，孩子们都称呼他"宋傻子"。宋小彪一点也不在乎宋傻子这个称呼，但要是谁叫他妹妹瞎子，他就得给对方吃两记拳头。久而久之，这里的孩子都不敢叫小雨瞎子。直到宋小彪成了犯罪嫌疑人，两兄妹这种纯粹的情感开始遭受现实复杂的考验。

小雨永远都忘不了，那天是兄妹俩命运的转折点。那天妈妈在外工作，宋小彪把小雨锁在卧室里，悄悄地说："别发出声音，就待在房间里。"

小雨听从他的安排，在好奇心的驱使下，她还是把耳朵贴在门上偷听。小雨听见一个女孩的声音，声音的主人叫李舒寒，她们在小区的公园里玩过，她还有一个很好听的英文名，叫莫妮卡。

她很想知道外面发生了什么，可客厅电视的声音越来越响了，她什么也听不清。晚上八点左右，宋小彪把卧室门打开，他慌慌张张地问小雨："你听见什么了吗？"

小雨有些害怕，她摇摇头，不确定是真的听见了，还是做了一个梦。

"就当什么都没发生吧。"宋小彪说，像是在下一个命令。

小雨点头，默许了。

那个晚上，小雨和宋小彪一直没有睡着，宋小彪背对着小雨，身体不停发抖，背上全是汗。小雨用胳膊搭在他肩上，两兄妹什么话也没说，空等着什么事来临。

晚上十点半，小区里来了几辆警车。警察挨家挨户地敲门，拿着一张女孩的照片，问这儿的人有没有见过这女孩，失踪半天了。

当警察敲起自家的门，宋小彪整个人宛如一只被踏紧的弹簧，所有的筋骨缩成一团，好似这样才能裹住那颗快要从胸腔蹦出来的心脏。

警察向王得胜问了一些话就走了。王得胜来到孩子的卧室，开了灯，问宋小彪："你看到那个小孩了吗？"

"哪个？"

"李舒寒。"

"没有。"

宋小彪对王得胜说了谎。

王得胜意味深长地盯了宋小彪一眼，关灯合上门。

王得胜走后，陈小雨立刻凑到宋小彪脖颈边，说："小彪，我们明天去公园好吗？"

"为什么想去公园？"

"莫妮卡经常在那里，我们去帮警察找找吧。"

宋小彪沉默了一会儿，说："小雨，我告诉你一件事情，你千万不能告诉任何人。"

"嗯。"

他用手贴住小雨的耳朵，小声说道："是我把她藏起来的。"

"你把她藏在哪里了？"

宋小彪停了几秒钟，说："我可能把她害死了。"

小雨被宋小彪的话吓坏了，这么说，白天莫妮卡确实来过家里。她问宋小彪："你会被警察抓走吗？"

宋小彪想了想，说："我不知道，也许没关系的。"

小雨不了解什么是法律，但她相信宋小彪，他看上去还像个孩子，就像大多孩子犯了错，只要教训一下就好了。宋小彪可没少挨揍，他皮糙肉厚，跟孙猴子一样，放到炼丹炉里炼七七四十九天都没事。

翌日，莫妮卡被找到了。警犬引着警察去到小区西面，这里刚拆迁，其中有两间民房还没拆，她的尸体就躺在其中一间屋子里，包在黑色环卫袋里。

第二天，警察又来家里了，这一次，王得胜和警察争执起来。宋小彪被警察带走了。王得胜让女儿待在屋里，然后把卧室门锁上，她也一起去警局接受调查。

又过了一晚，王得胜回家了，陈小雨立刻冲了上去问："哥哥呢？妈妈，哥哥回来了吗？"

王得胜没回答女儿的问题，只喊了一声："跪下。"

陈小雨跪在地上，身体哆嗦着，王得胜在屋子里来回踱步，气势汹汹，接着她拿出一根掸子，不停地抽打女儿。

"妈妈，别打了，我疼——"小雨滑着膝盖抱住了王得胜的腿，哭着向她求饶。此时王得胜已失了理智，面目狰狞，她把女儿的手臂、腿脚、屁股、脊背，打出了一条条红痕，打得女儿浑身火辣辣地疼。

发泄完后，王得胜清醒了，看着女儿哭得满脸是泪，她又把女儿搂在怀里，自己也哭起来。

"妈妈错了，妈妈错了。妈妈心疼你，妈妈再也不会打你。"

小雨没有怪王得胜，她知道宋小彪犯了很严重的错，让妈妈非常生气。以前，宋小彪在惹了麻烦之后总会去外面躲一阵子再回家。这一次，他可能回不来了。

宋小彪经常问小雨："你知道这世界上谁是最爱你的人吗？"

"是你。"

"不，是妈妈。她打我们、恨我们，但她也是这个世上最爱我们的人，没有她，我们谁都活不下去。"

她相信宋小彪的每句话。他骗过妈妈，骗过老师，骗过警察。他是这个世界上最会撒谎的人，如果他是匹诺曹，他的鼻子已经戳到天上去了，但他从来不对小雨撒谎。小雨认为，宋小彪就是她的守护神，谁要是喊她一声"瞎子"，宋小彪能把对方门牙打下来。这片小区的孩子都怕宋小彪，没人敢招惹他们。

宋小彪以前经常拉着小雨去逛夜市，告诉小雨这有什么，那有什么，这人长什么样，那人长什么样。一次小雨摔了跤，磕破了下巴，他就对她说："等我有钱了，我们就去医院做手术，我把一只眼睛分给你。"

"那你不就有一只眼睛看不见了吗？"

"这有什么，以后你看左边，我看右边，你看上边，我看下

第三章　一根藤　029

边，咱俩不分开不就行了？"

"这不就跟连体人一样了？"

想到这儿，小雨笑了，笑着笑着，她又哭了，宋小彪走了，她的眼睛就真看不见了。

现在家里只剩下小雨和王得胜母女俩。王得胜会在出去工作前把房间的窗和门都锁起来，把坐便器放在床边，并警告小雨拉完大便一定要把屁股擦干净。她规定，必须擦五张纸才能把裤子穿上，她会把五张纸叠好放在坐便器旁边的小凳子上。

宋小彪被关起来后，王得胜还是和往常一样，早上七点出门，晚上九点回来。宋小彪曾告诉小雨，妈妈的工作是去别人家里替他们照顾小孩。妈妈从来不打别人家的小孩，孩子只能打自己家的。她会帮那个小孩穿衣服、做饭、按摩、擦屁股，在他哭的时候，她还会给他讲故事哄他开心。听完，陈小雨羡慕起那个孩子：明明她是我的妈妈，他却拿走了本属于自己的爱，这到底是为什么呢？

妈妈从来不会给她讲故事。在她哭的时候，不但不安慰她，还会说："这有什么好哭的？再哭就把你扔到街上去。"

这种恐吓式的方法屡屡奏效。作为一个母亲，王得胜时常使用愤怒式教育，这种愤怒并不源于自己的脾性，更多是源于对生活的筋疲力尽。

宋小彪被关起来后，陈小雨就整天被关在屋子里，听着楼下的小孩玩游戏，想象自己也参与其中。当她听到钥匙把门锁转开的声音，就会开心地跳起来。妈妈终于回来了。

"妈妈，你今天给我讲故事好吗？"

"妈妈不会讲故事。"王得胜一句话把孩子打发了。

"你骗人精——"陈小雨给王得胜使了个脸色。她爬到床上，窝在被子里，不肯吃饭，也不愿跟王得胜说话。

"你怎么不跟我说话？"王得胜问。

"我不想跟你说话。"

"为什么？"

"你是大人，你自己不明白吗？"

"我怎么不明白？我就想听你自己说。"

陈小雨掀开被子，从床上坐起来，盘着腿，她非常严肃地质问王得胜："为什么你给别的小孩擦屁股，不给我擦屁股？为什么你给别的小孩讲故事，不给我讲故事？我还是你的女儿吗？"

"你怎么知道这些？"

"小彪告诉我的。"

"宋小彪在骗你。"

"他从来不骗我。"陈小雨打心里觉得她妈亏欠她，说话也理直气壮，"妈妈，我要的真不多啊！你们大人比狐狸还狡猾，很多小孩想要的东西，其实你们轻而易举就能做到，但总是装作事情很难办的样子。"

听女儿如此理直气壮，王得胜回训道："你还有脸跟我生气啊？你知不知道你妈有多辛苦？我快四十岁了，从不跟你倒苦水吧？辛辛苦苦拉扯两个孩子，一个眼睛看不见，一个不是亲生的，还捅了天大的娄子，工作上受委屈，家里又被嫌弃，里外不是人了。我有时候真想死了，一了百了，可我死了你怎么办？我这辈子是操劳命啊，天注定的。"

"那你生我干吗？你要是知道我生下来就是瞎的，肯定不会生我。要不把我送到狼窝里去吧，让狼把我吃了算了。"

"什么话？我们是母女啊，是一根藤上的瓜，分不开的。"王得胜坐到女儿身边，握起她的手放到自己脸上，"来，你摸摸，一个鼻子一张嘴，两只眼睛两条腿，是不是一个不差？"

"是。"小雨又问，"那宋小彪呢？"

王得胜想了想，说："他跟我们不是一个品种的瓜，但他也长在我们这根藤上。"

陈小雨刚才还板着脸，这回忍不住笑了，她喜欢王得胜这个解释。

王得胜离开卧室，从外套兜里拿出一盒烟，雇主家办宴会送她的，她点了一根，没抽两口就呛起来，于是把烟灭了，往阳台外一扔。

她抑郁极了，自从家里发生这样的事，生活翻天覆地，附近的人见了她都躲着走，好像自己脸上刻着"谋财害命"四个字。每天还能接到记者电话，说要采访她，问她自责不自责。怎么不自责？那可是一条人命，要是能换命，她这条贱命早豁出去了。更有甚者在家门口泼漆，在墙上写"杀人犯""偿命"之类的咒语，她的精神时刻处于崩溃边缘。

三十几年来，自己混得一无所有，嫁了两个男人，一个出矿难死了，一个"失踪"了。女儿一天天长大，会吵架了，生活仍无法自理。都说儿女的命是随爹妈的，真不知道自己该怎么做才能帮女儿改命。

王得胜很痛苦，这身皮囊里包着的只是一堆锈蚀的枯骨，她认为她有限的人生，主基调一定是场悲剧，她非孑然一身而来，带着牙齿，带着生命，带着灵魂，却被命运牵引一切，目送一切，终将孑然而去。人与动物的区别是，人拥有自由意志，懂得反抗、创造，有时又不得已像动物一样妥协、苟且，她虽叫"得胜"，却始终得不着一场胜利。

王得胜是个江西女人，喜欢吃辣，尤其是血鸭，她从小就会做，练得一手好厨艺。江西是矿产大省，铜矿、钨矿、铀矿、稀土……资源丰富，她从前在矿地食堂给工人做饭，她前任丈夫就是吃了她做的血鸭与她结缘，结婚。他们夫妻俩从一个矿山跑到另一个矿山，互相守着对方，她认为她这辈子与"山"是分不开了。

或因为夫妻俩长期在矿地工作，生下女儿陈小雨，先天眼球萎缩，失明，这是命运给她的第一劫。之后，她带着女儿离开矿地，专心陪护。在女儿四岁时，丈夫不幸死于矿难，尸体都找不着了，这是命运给她的第二劫。她去萍乡一个有名的算命先生那算过命，算命先生说，她这一生共有三劫。

从此，她决定远离矿山，带着女儿去靠海的宁市打工，她觉得水能帮她改命，能帮她渡劫。

她去了很多饭店应聘，没人要她。宁市人喜欢吃海鲜，好清蒸、白灼、葱油，她的菜不对胃，客人吃了要拉肚子。几经辗转，她来到一家殡仪馆的食堂帮工，学做宁菜，和女儿住进殡仪馆的宿舍楼里，离殡仪馆一公里的地方就是一座墓园。

她搬进宿舍的第一天，推开一扇海棠玻璃窗，女儿问她窗外有什么。

她遥望着清冷的墓园，一座座墓碑整整齐齐、高高低低杵在山道上。以前待的地方是矿山，埋的是铜矿铁矿，现在依旧是矿山，埋的是人矿命矿。

她回答女儿："是山。"

女儿问："妈妈，你不是说要去海边吗？"

王得胜说："山的那边就是海了。"

后来，王得胜遇到一个男人，叫宋山明，宋山明是本地人，住在宁市边郊的一座小岛上，他每周都会开着一辆面包车来一座墓碑前祭拜，拜完后就会去殡仪馆的食堂吃饭。有一回，王得胜和他在食堂攀谈起来。宋山明的前妻也死了，两人便有了共同话题。王得胜夸他痴情，老婆死了那么多年还念念不忘，是个好男人，她若泉下有知一定会非常高兴。

宋山明却说："别，我不希望她知道。"

王得胜问："为什么？"

宋山明说："这里葬的，是我的初恋。"

王得胜愣了会儿，递给他一瓶酱，说："哦，那是不能让她知道，不然阴曹地府里，她俩非掐起来不可。"

两人都笑了。

一来二去，两人熟络了，互相留了电话。不同于其他中年男人，宋山明这人有些"浪漫"，常去墓地顺走一束花，再送给王得胜。王得胜喜欢宋山明的仪式感,她偶尔也去墓地抓一把糖再回赠宋山明。墓园的山脚下有一条溪流,溪流上有座万历年间的石桥,有一回宋山明约王得胜大半夜到桥下相会,王得胜趁女儿熟睡后赴约。宋山明点起了两根从墓地顺来的蜡烛,在桥下铺了几张报纸,摆上一盆猪头肉,与王得胜吃起了烛光晚餐。

宋山明指了指天上的星河说:"咱们这就像鹊桥相会。"

王得胜只感到浑身阴冷:"我怎么感觉那么像奈何桥?"

宋山明一把将王得胜搂在怀里。"还冷吗?得胜,我发誓,我一定对你好。"他把手伸进了王得胜的衣服,托住了她下垂的乳房,随后绕到她身后,吸吮起她的脖颈,王得胜一软,他顺利把她放倒在报纸上。

两人惊心动魄,时间很短,喘息声很大,牛头马面见了都绕道走。事后,两人谈论起彼此的家世,从此算是确立了恋爱关系。

宋山明比王得胜大十岁,还有个十六岁的儿子,叫宋小彪,父子俩长得很像,鼻子都大,在本地人眼中,父子俩口碑都不行。宋山明喜欢"搞七捻三",宋小彪则有智力障碍,这源于他小时候发过一场高烧,一周没退,宋山明也没带他去看医生,结果烧坏了脑子里的中枢神经,自此出现了认知能力低下、肢体活动障碍这些后遗症。如今宋小彪的智力一直停在十岁孩子的水平,好好跟他说话,他都能明白,一些复杂的事情便无法理解,所以也早早辍学了。

有一回,隔壁宿舍的刘姨探亲回来,去王得胜宿舍串门,她发现王得胜的桌上有一束菊花,桌上还摆着一盒万艾可。她打趣问:"怎么啦,有男人啦?"

王得胜见自己没藏住,倒也坦诚:"是啊,有男人了。"

"怎么啦,男人不行啊?"

"也不是不行,就是欲望强。"

刘姨挑了挑眉头:"吃这个耗身体,回头我给你网购一套情趣内衣,再加一根小皮鞭,带刺的那种,保证你把他收拾得服服帖帖。"

后来,刘姨得知王得胜交往的男人是宋山明,她赶紧劝诫,说宋山明这人问题大了,他前妻是自杀的,被他逼的,具体情况她不清楚,反正不是个省油的灯,跟着他就是往坟堆里跳。

王得胜不管这些,反正她也一直住在坟堆里。她只想有个落脚的地方,她觉得宋山明是本地人,只要嫁给本地人,自己就是本地人,有了归属,就不用再带女儿漂泊。

她坚信自己上辈子是条鱼,这辈子注定要来海里。

刘姨无法理解王得胜为什么非要嫁给一个无赖,于是没好气地说:"这里是海没错,但你上辈子是条淡水鱼。"

后来,王得胜嫁给了宋山明,两人简单操办了婚礼,就在墓园附近的饭馆里。起初,王得胜也问他为什么不带自己回他家里办。宋山明这样回答:"你看,咱俩是二婚,这片墓地又是我们的爱情根据地,宾客满堂有什么好?不如叫上这一片的孤魂野鬼一起做个见证。"

结婚那天,王得胜瘆了一夜。后来她想想宋山明说的也不无道理,过世的鬼,好过在世的人,没那么多礼节,还省了几桌菜。

事实上，宋山明根本没脸回家办喜事。他家在岛上开了一间牛杂面馆，老字号了，一锅牛杂卤料的配方传了好几代，从清朝传到民国，从民国传到新中国成立，从新中国成立又传到改革开放。家底原来是有一些，都被宋山明输光了，老家哪还有送份子钱的人？都是找他讨债的人。他躲来躲去，跟债主打游击战，后来就躲这片墓园来了，毕竟最"危险"的地方，就是最安全的地方。

宋山明是个乐观的无赖，有点幽默感，懂点精神胜利法，天塌下来也不影响他寻欢作乐。娶了王得胜这样的老婆，实属意外之喜，女儿瞎就瞎吧，反正自己也不养。

王得胜是个固执的女人，她要改命，认为这段婚姻能让她荒草般的生命重新生长，变成那山野田间的三角梅，野蛮又顽强。可她怎么也想不到，这是命运给她的第三劫。

她自始至终没有住进宋山明家里，把一个名正言顺的媳妇，活成了一个见不得人的情妇。宋山明那间屋已经抵给他哥，还欠着一堆索命的外债，人没多久竟失踪了，光丢下一个孩子宋小彪。宋小彪成绩差，爱捣乱，偷过钱，连他奶奶都不待见这孙子，屋子被大伯名正言顺占走后，他无家可归，王得胜只好带走了他。

自此，他们三个人就住在一起，重组了一个新家庭。

王得胜从殡仪馆辞职，搬进了一栋外贸厂区的职工宿舍。宿舍根据一批老民房改建，没什么装修，有两间卧室，做饭得去廊道，但胜在租金便宜，不是这儿的工人也能租。她找了一份家政保姆的工作，还考了驾照，给宋小彪找了新学校，跟一群民工子弟的孩子一起上学。

宋小彪不排斥王得胜这个后妈，虽然她是外地来的，说话有口音，做的饭菜不对口味，脾气也不太好，但跟着她总好过待在原来的家遭人排挤。他跟王得胜的女儿很亲，像亲兄妹，也许因为两人在他人眼中都是异类，便有了共同语言。久而久之，他与王得胜之间亦产生了一种母子的情愫。王得胜认为，宋小彪不是自己的劫，他能帮她照看女儿，还能干活儿，虽没有血缘，但福祸相依，这是天注定的。就像王得胜对女儿说的：他跟我们不是一个品种的瓜，但他也长在我们这根藤上。

直到宋小彪犯了事，王得胜风平浪静的生活结束了。她回首往事，从山到海，不是一场自主的旅程，是她被命运牵引着的必经之路。她常常趁女儿熟睡之际，一个人站在廊道上看着远处的灯火。虫子们都知晓要飞向光明。

第四章　金鱼

　　李然吃了两颗阿米替林，让自己镇定下来。他有五年没有拉琴了，波佩尔的《安魂曲》并不安魂，反倒像是在他墓冢上乱舞的幽灵。

　　他在地板上躺了两天一夜，琴就压在他身上，他一手扶着琴枕，大提琴随着他的胸腔一起一伏。

　　胃似乎被摘走了，他一点感觉不到饥饿，其他器官也生锈了，譬如眼睛睁着，有那么一阵竟盲了，看不清东西。于是他抽出手，往自己脸上扇了两巴掌，视觉又被扇回来了。这番行为，就跟电视机冒雪花了，重重拍两下，频道又能放了似的。

　　他打开手机，找到一篇新闻报道，由一个叫作吴月婵的记者撰写的。

　　当李然开始回溯这场已成旧闻的新闻，那种痛楚又慢慢侵入他的五脏六腑。

　　新闻中详细描述了这个嫌疑人的形象，他十九岁，身高一米六，因为智力有障碍，所以没上过几年学。他在居住的小区里算是个不稳定因素，有过几次攻击人的行为。

"说话不怎么磕巴,就是明显感觉不像个大人,跟孩子一样,也没什么朋友。只要谁惹他了,他就会打人,控制不住情绪。"一个居民这样形容他。

在宋小彪被拘捕后,记者吴月婵采访了他。他坚称自己没有杀人,他有智力障碍,别人都这么说,他认为自己并不傻,只是长不大了,跟孩子一样。言语间,你完全分辨不出他是在为自己辩护,抑或他本来就是这样的认知水平。若他没有犯事,人们很容易通过他的形象把他当成孩子。可是他不清楚人们对这场命案的容忍度,此时没人觉得他是孩子,因为受害者才是一个真正的孩子。

接着,他坦白了自己的犯事过程。宋小彪称,他在公园里经常见到那个女孩,她很漂亮,跟他妹妹差不多。他和妹妹及女孩曾经一起玩过,三个人特别投缘。别的孩子看见宋小彪都会躲着走,只有那个女孩不排斥他,女孩也经常孤零零一个人,身边会带着一只宠物猫。宋小彪在公园里找到了她,上前跟她打招呼,问她愿不愿意跟他回家一起玩,女孩答应了。妹妹因为生病,在卧室里睡觉。宋小彪和女孩一起在客厅的桌子上玩了一会儿贴纸。宋小彪提出要出门买三瓶汽水,小区外面的小卖部也许开着,等妹妹醒了三个人可以一起喝。于是宋小彪出门,留女孩在家等他。他家里有一些老鼠药,小区里老鼠很多,有时候会跑家里来。他承认是自己之前把药塞到了一块蛋糕里,放进餐柜,想用来毒老鼠的,他也不知道这药人吃了会死。在他出门买汽水时,女孩打开餐柜门,偷吃了那块蛋糕。宋小彪去了小卖部,发现当天小卖部门关着，店家已经搬走不干了。等他回来后，看见女孩躺在地上抽搐。他去外面找过人帮忙，转了一圈没看到人，于是又折返回家。等宋小彪回来后，女孩的两条腿就拉直了，死了。他很慌张，又抱起女孩出去求救。由于害怕，他走到了小区旁边的一栋民房边，把女孩的尸体放在了民房里，用一张掉在地上的窗帘盖了起来。

后来，根据警方的一系列调查，宋小彪没有主观杀人动机，老鼠药是他妈妈在一家杂货店买的，杂货店老板因违规售卖药物被控制了。全市因此事排查了大量的小商铺，连带封了几十家店。警方带宋小彪做了精神鉴定，发现他确有智力缺陷，在病情发作时属于无刑事责任能力人状态，故不构成故意毁坏尸体或过失致人死亡罪。且根据部分监控显示，他确实有过求救行为，只是那日工人都在加急赶一批订单，小区里几乎无人，错过了最佳抢救时机。最终警方将案件定性为意外死亡，对宋小彪不予定罪批捕。鉴于宋小彪事后藏匿尸体，此时属于尚未完全丧失辨认或控制自己行为能力的阶段，社会影响恶劣，且他已经成年，最终决定将其送往宁市下辖县精神科收容所进行为期两年的矫正治疗。

看到这里，李然一拳狠狠地砸在桌子上，几乎要把指关节敲碎了。

新闻下方是一系列读者的热评。

A："以精神病来判断责任是不合理的，现在的精神病太恐怖了，虽然是一场意外案件，但能做出藏匿尸体行为的精神病，绝对是一个隐患。"

B:"跟我想的一样,法律没有惩治罪犯,反而保护了罪犯。"

C:"处罚目的是教育,其次才是惩罚,对于被认为没有能力完全清楚辨认是非的人,法律一般从轻处罚,在一种美好的设想下,他们都是可以被治疗而回到正轨的。可是谁来补偿一下受害人呢?我所指的补偿不是经济上的,有时候,加重对精神病人的管制,也算是一种补偿方式。"

D:"加强青少年的安全教育实在是太有必要了。当然,这个案件中,除了过世的女孩,都是责任人。双方父母没有监管到位,卖药的老板赚黑钱,监管部门也没有好好监管这些店铺。如果再不加以管控,下一个受害者可能就是我们身边的人。"

E:"为什么永远有人在怀疑法律的公正性?这世界上没有绝对公平的事情。这不是谋杀案,是意外致死案。我认为已经判得很合理了。我们应当对这起事件进行反思,避免悲剧再次发生。"

F:"作为一个两岁孩子的父亲,根本不敢想这些事情。我真的非常痛心。孩子,一路走好,愿天堂没有痛苦。"

……

李然在这篇新闻报道的评论中翻了一页又一页,他莫名地觉得可笑。一个个都把话说得精彩纷呈,可他们终究是置身事外的旁观者。受害者的痛苦永远不会得到缓解,看客的"品论"却在无形中提高。

人都是有遗忘曲线的,过不了多久,他们就会忘记这件事情,好像这事不曾发生,然后再去寻找下一个热点新闻,为它愤怒、惋惜、歌颂,周而复始。

但对于新闻当事人，就是一生的痛苦与溃败。

他无法接受这个判决，他不相信女儿死于意外，即便是死于意外，也必须有人承担这个责任。此时的他已经被仇恨裹挟，左顾右盼后，攥着一把匕首出了门。

下雨了，李然打开房门，失魂落魄地在脏乱的楼道中往下走，楼道的墙壁上、扶手上贴满了招租广告。他的脑袋一直"嗡嗡嗡"地响，一脚踏空，差点从楼梯上摔下去。

他查清了凶手大致的犯案地点，朝着那幢宿舍楼奔袭而去。

从自家到案发地所在的小区，中间有一个简陋的小公园，公园中央有一只石象，被石阶圈了起来，宛如一个环岛，石象的鼻子一直从头部延伸到地面，孩子们可以从大象背上的步梯爬上去，然后坐上大象的鼻子从高处滑下来。

李然回忆起，这里曾经也是女儿的乐园，他抱着她从大象鼻子上滑下来的景象仿佛就发生在昨天。那时候，这个地方还不像如今这般破败，孩子们常聚集于此，追逐嬉闹。

迷迷糊糊地，他好像看见了女儿的身影。往前走了几步，她的脸孔又如水晕般消失在空气中。

他沿着小区的绿化墙继续往前走，绿化墙上贴满了拆迁通知、招工启事、淋病诊所广告。

没几分钟，他走进了那所小区。许多人都搬走了，在这里居住的大多是外来务工人员，过着三班倒的日子。如今这里的工厂面临搬迁，一些"鱼群"也就跟着"洋流"去了食物充足的地方。

留下来打工的，或是没有去处，或是有其他打算，不得而知。

那篇新闻报道中没有公布那个男孩具体的家庭地址。他在小区里遇到一个收废品的老阿姨，她常年混迹在这一带，对当地发生的事情比上帝还清楚。

李然直截了当地问她："你知道那个杀人的孩子家住哪里吗？"

她那一对比夏蚕还肥厚的眼袋颤动了一下，用手一指："喏，就在那一幢，二楼。"接着，她一脸鄙夷地说，"你不是第一个问我的人。前段时间，来找他们的人多了去了。这家子人太可恶了，好好一个姑娘就被他们害死了。"

她自认为有明确的善恶观，只要是来找他们算账的，她一概欢迎，热心指路。

李然向她表示感谢。他来到那栋楼前，顺着楼梯往上走，当他抵达二楼的时候，注意到这家房门旁的墙上，有别人写下的"凶手""偿命""下地狱"等油漆字，门口还摆着两根刚刚烧完的蜡烛，凝固的蜡烛油在楼道上随处可见。

这种状况一直持续着，社会从不缺"正义"的好事者。你杀死一只猫，都有天南海北的人找你算账，何况死去的是一个人。

李然攥紧拳头，开始敲门，没有回应。接着他用脚踢门，依旧无人应答。

于是，他又走下楼，在一楼楼道口等。每个进去的人，他都会跟上去，直到他能确定谁是这间房屋的主人为止。

他不停地抽烟，扔了一地烟蒂，只要烟一停，人就莫名慌张起来。上一根烟刚抽完，他又从兜里掏出烟盒，翻开盖，烟盒已经空了。他难受得不行，于是从地上捡起一根已经掐灭的烟头，把烟捋了捋，又点了起来。

这些散落一地的烟头，又一个个燃烧起了二次生命。

晚上八点半，他终于等到了。

她是一个约莫四十岁的女人，穿着一件黑色短袖，戴着口罩，撑着把短柄伞，一路轻飘飘走过来，低着头，让人看不见脸孔。她的脚步很快，在这片老鼠都能慢悠悠散步的小区里，她的姿态格外荒唐且引人注意。

李然跟了上去。她开门后，没注意到后边的人，门还没完全打开，就十分娴熟地把身子一斜，从门里钻进去，快速关上门。

李然在门外停住，反倒没了第一次敲门的勇气。他在楼道来回走了两圈，于是又折返下去，想让自己冷静一会儿再行动。

他的手放在兜里，攥紧匕首。他没想过要杀人，但他也保不准会这样做。

女人许久都没出来，直到小雨停了，她出现在了楼道口，只不过这一次，身边多了一个六七岁的女孩。

李然十分意外，但心里多了一份庆幸，似乎是找到了一种让这场复仇变得公正的筹码。

陈小雨穿着雨靴，拉着王得胜的手，与她靠得紧紧的。一旦听到什么声音，她就躲到王得胜的胳膊后面。

李然一路尾随在她们身后，手心和刀柄上黏着汗。

一路上，她们谁也没有说话。王得胜还是与之前一样，一直在躲避周围的人，一旦有人靠近，她就会下意识地去拨自己的头发。

她们来到小区门口一个做关东煮的摊位前，摊位上冒着氤氲热气。

"妈妈，好香啊，我想吃这个。"小雨开口哀求，拉着妈妈的胳膊摇了摇。

小雨的力气很足，拉扯一番后，王得胜带着一种羞耻的口气向对方问道："老板，能不能给我一个杯子，我选一下。"

老板瞟了一眼王得胜，认出了她，只见他朝她摆了摆手："走走走，我不做你的生意。"

李然借着摊位上的灯光观察着这对母女，只见那个女人弯下了膝盖，摸了摸女孩的头发："这里的东西卖完了，我们回家吧，妈妈给你做。"

"不，我不想回家。妈妈你答应我的，怎么又说话不算话？"小雨有点生气，她甩开王得胜的手臂，背过身去。

这时，李然才看清了那个女孩的模样。她长得十分清秀，跟自己女儿有些神似，裙子下的小腿瘦得不行，穿着一双粉中带黑的凉鞋。他又细细看了一下她的五官，她的眼睛是瞎的，这让李然恍然一惊。

关东煮老板也看了看那个女孩，眉宇一紧，他抽出一只杯子，递给王得胜："拿走吧，下次不要来我这里买东西。"

"谢谢大哥。"王得胜接过杯子，在热气腾腾的锅炉里拿了几串丸子装进杯里，又舀了一勺汤，小心地递到女儿手里，然后匆匆忙忙地从皮夹里掏钱，完成了这笔让她有点羞耻感的交易。

小雨背靠着王得胜，一边晃着身子去碰王得胜的腿，一边吃杯里的食物。这一点微不足道的小吃，让她心花怒放，甚至汤把舌头烫了，她都不带停地喝完了。

吃完后，她们接着往前走。过了马路，前面就是一个小夜市，整个夜市都充斥着各种小吃的气味和嘈杂的人声。夜市的摊位上围满人群，他们多为这片区的务工者，口音天南海北。大家白天没时间逛街，晚上也不舍得去高级商场，这条街消费水平不高，廉价的餐食和衣服，五块钱两首的露天卡拉 OK，总有适合他们的。夜市的摊位通常营业到深夜两点，招待完附近工厂最后一批下班的工人才算结束，也算是这块片区的一种独特又自洽的风情。

陈小雨和王得胜走进夜市后，小雨开心得像只爪子被绳子绑着又来回跳跃的小鸟，一路啁啾。她仔细探听周围的声音，不停地转着头，她把这里当作一座围在城市中的动物世界，脑子里编织着各种奇乱的幻象，忧悒一扫而空。

"妈妈，去那里看看。"她拉着王得胜往某一处走，去靠近那个让她感觉新奇的声音。

李然跟了上去。

王得胜一直在跟女儿讲述周围的情况。

"我们前面有一辆推车，那里正在卖棉花糖。"王得胜说。

"棉花糖是什么样子的？"

"棉花糖就像云一样。"

"云是什么样子的？"

"云很轻很轻，所以它能飘到天上去。有时候，云也会哭，云

第四章　金鱼　047

一哭，天上就下雨了。"

"那里是什么样的？"小雨又指了指她左边的位置。

"那里啊——是一个用充气垫做的水塘，水塘里有很多金鱼，好多人在这里捞金鱼，只要你捞到了金鱼，就能把它带回家。"王得胜向女儿形容完后，心想完了，这孩子又要给她惹麻烦了。

"妈妈，我想要一条金鱼可以吗？"不出王得胜所料。

"我说了，我们家不养宠物。"

"可是它只是一条金鱼，它不会捣乱。妈妈，你给我捞一条金鱼吧。"

王得胜没心没肺地说："金鱼有什么好养的？没过多久它们就会死掉的。"

"妈妈，你给我捞一条吧，求求你了。"小雨扯住王得胜的衣服不肯走了，不停跺脚，没有罢休的意思。

"好吧好吧。"王得胜命令道，"你就站在这里，不要动。"

"嗯。"

王得胜付给老板五块钱，她拿起一个网兜，挤在一堆孩子中间。金鱼在水池里游来游去，她不知道该如何下手。网兜一伸进水面，金鱼就溜走了。

"这要怎么弄嘛！老板，你直接给我装一条吧。"

"妈妈，你捞嘛——你捞嘛——我就要你捞起来的，不要买的。"陈小雨来回甩着王得胜的手，似乎是对这种游戏方式更感兴趣，她希望妈妈能参与到这个游戏中。

李然站在她们身边，看着王得胜和女儿捞金鱼。小雨不停地问:"妈妈,你捞到了吗?捞到了吗?"她的催促使王得胜更紧张,好不容易要捞到了,又被吓跑了。这简直是骗子把戏!王得胜气得龇牙。

这时,王得胜注意到了身边的李然,她走到李然跟前,略微羞怯地说:"哥,你能不能帮帮忙?给我捞一条不生病的。"

没等李然回应,她就把网兜往前一递。李然愣了一下,接过了她的网兜。

他蹲了下来,把网兜放进水里。摊位上的灯泡光把鱼池照得透亮,金鱼的身体组织清晰可见。一条金鱼游了过来,李然调了调气息,就跟拉大提琴那样,轻轻的,柔柔的。顺着漾起的波纹,李然将网兜丝滑地顺到鱼儿身体下方,迅速一拉,成功把鱼捞进网兜里。

王得胜刚才还万分紧张,下巴都要杵进水里了,见李然成功了,她高兴地拍起手:"抓到它了,抓到它了。"她立刻把这个好消息告诉女儿,母女俩就像中了彩票似的欢欣雀跃。

老板拿出一个透明袋子,往袋子里装满水,再把捞起来的金鱼放进水袋里,打个结,递给了王得胜。

王得胜把金鱼交给女儿:"给,下不为例啊。"

"谢谢妈妈。"

"快谢谢叔叔。"

"谢谢叔叔。"

陈小雨把水袋拎了起来,贴在自己的脸孔上。她看不见金鱼的样子,但是她能感觉到有一个鲜活的小生命就在她手里游来游去。

第四章 金鱼 049

李然透过水袋看着她的眼睛,她的眼睛里是有光的。

"妈妈,它长什么样?"

"它是红色的,有一条尾巴,还有一张大嘴,正在嘟嘟嘟吹着气泡。"

"它有一张大嘴!"女孩笑了,"像宋小彪一样的大嘴吗?妈妈,我们就叫它小彪吧。"

随后,她们折返,要离开夜市。

小雨有了金鱼后,对周围发生的事情都不感兴趣了,她小心翼翼地将她的宠物捧在手里,生怕它逃走,嘴里还一直念叨着"小彪""小彪"。

李然放慢脚步,不再跟随上去,自顾自往前走着。

夜市前面有一片儿童游乐区,这里简直是孩子们的天堂,他们多半是外来务工者的子女,在附近的学校上学,做完作业就往这儿跑,直到家长来寻。孩子们与家长有再多的争吵与对抗,到了这儿也能心平气和地一起喝瓶汽水,吃碗炒粉。

李然观察着这一个个平凡的家庭,他想,如果女儿在这里,她一定也会很高兴的。就算她要一万条金鱼,他也会帮她实现这个愿望。

如今的自己,就像一块孤独的沙礁,在镀满星火的夜色中暗暗伤恸,任凭来往人潮将自己冲刷,好似就要融化在他内心暗夜下的水域中。

都快走到夜市出口了,李然停下脚步,又折返回去,跑到那个金鱼摊。

"老板，再给我一个。"

李然又捞了一条金鱼，黑色的。他把水袋举到眼前，像陈小雨一样，透过水袋，好奇地观察着里面的世界。

他发现它一边吃力地吐着气泡，一边以同样的眼神看自己。

第五章　暗流

吴月婵坐在办公椅上，回看自己撰写的新闻报道，走了会儿神。

这篇报道写得很客观，根据警方的调查结果、对案发环境的勘查、对嫌疑人的采访以及一些旁证，将案件的脉络都梳理清楚了。她觉得做记者最难的一点就在于"冷眼旁观"，不能将主观情绪代入报道，否则新闻就成了私人化的东西。

如今，当她自己成了这篇报道的读者，一些疑问来了，情绪也来了，总觉着有哪儿不对劲，当新闻的热潮退去，她心底的浪潮又翻了起来。

社长钱淼走到吴月婵面前，用手在她眼前晃了晃，打了个响指。

"嗒"的一下，吴月婵"醒"了，涣散的瞳孔又聚到一起。"社长。"她叫道。

"吴月婵，你最近怎么老走神？是工作太闲了，还是脑子变笨了？"钱淼说。

吴月婵眯起眼睛："社长，我觉得那桩案子有点问题。"

钱淼揶揄道:"我看是你有问题,都结案一个多月了。怎么,不想当记者,想去当警察啦?"

吴月婵把椅子往桌子下一推,靠近钱淼。她小声说道:"我不是怀疑局里的调查结果,只是觉得过程有问题。我现在想从结果去反推过程,看能不能发现一些隐秘的点,当我们找清楚那些隐秘的点,同样的结果可能会产生质变。"

钱淼没明白吴月婵在说什么。吴月婵又解释道:"你看,这就跟化学一样,同样是生成一种碳酸,但是它却有几十种化学公式。我啊,就是想找到那个最合理的公式。"

听完吴月婵的化学方程推导论,钱淼龇起了牙,用食指戳了戳吴月婵的额头:"你一个记者不好好写新闻,给我整什么方程式,是不是有病?现在谁还关注这桩案子?今天的头条是什么?一线男影星吸毒嫖娼。官方通报都下来了,证据确凿。你报道写得怎么样了?"

吴月婵一拍脑袋,心想完了,一个字都还没敲。她竖起一根指头,保证道:"社长,我马上写,给我一个钟头。不,是一个时辰。"

钱淼说:"给我写得深刻点,别偷工减料,我给你半天的时间。"

吴月婵打了一个 OK 的手势。钱淼走后,她就跟一只被倒光水的橡皮热水袋似的,软趴趴地搭在办公椅上。她受够了写娱乐新闻,常被搞得精神分裂。上个月那个男明星还风生水起,有个耗资三亿的大片上映,又是参加电影节,又是全国巡演,根据对方经纪公司要求,得好好花点笔墨为他塑造形象。可这个月他已经锒铛入狱,根据上级指示,又得把他当反面教材写,警示社会。

晚上八点，吴月婵把稿子发到钱淼邮箱后关上电脑，坐电梯下办公楼，她爸吴德彪在门口等她，正坐在一个路障石球上朝她这边张望。他最近犯痔疮，这种弧形的球面十分符合人体工程学，尤其是太阳晒过后，能一定程度上缓解他的疼痛。

吴德彪见女儿出来了，兴冲冲迎了上去："走，吃碗米线？"

吴月婵和吴德彪步行到街对面巷子里的一家米线馆，两人坐下后，吴德彪点了一份猪脚米线。他往碗里加了两勺辣子，拌了拌，问道："叫我来什么事？"

"那个案子有问题。"吴月婵说。

"哪个案子？"

"就那个女孩遇害案。"

吴德彪刚夹起一块猪脚，送到嘴边，猪脚又掉进碗里，溅起一层油。"什么问题？你这是在怀疑我们局的办案能力吗？"

"不是。"

"那是什么？"

吴月婵压低声音，向吴德彪叙述起自己的推测。

破案后，吴月婵采访过王得胜这家人，除了那个盲女孩。一个年近四十的女人，做家政工作，丈夫失踪，带着一个残疾的女儿，一个不是自己亲生的男孩，住在一间即将拆迁的宿舍楼里，生活艰苦，也没什么社交圈。吴月婵四处走访，询问兄妹俩关系，出乎她的意料，邻居都反映这两兄妹不是亲生胜似亲生。后来，吴月婵又去了男孩的学校采访他的班级老师，得知男孩之前因为殴打同学被学校赶出，缘由是妹妹被同学辱骂，他气不过，一巴掌就给人打出了脑震荡。吴月婵在调查过程中还发现一点，两兄妹之前和受害女孩有过接触，他们一起在公园玩过，没有产生冲突。受害者有一只英短猫，盲女孩抱过那只猫，后来过敏，发烧，全身起了疹子，医院的诊断记录也证实了这一点。这个重组家庭，不知是何缘由，关系特别亲密，母亲每日工作十二个小时，哥哥担起了照顾妹妹的责任。他们生活条件不行，宿舍也确实闹老鼠，案件的调查结果是男孩在蛋糕里放毒，是用来毒老鼠的，结果被受害者误食。吴月婵认为问题的疑点在于，如此节俭的家庭，男孩为何会用蛋糕去毒老鼠，而不是在其他食物中下毒？

吴月婵说完自己的疑惑后，吴德彪已吃完米线，把筷子对齐，放在了碗口上。他说："所以你觉得这是一起谋杀案，而不是误杀？"

吴月婵眉宇一锁，说："是……也不是。"

"什么叫是也不是？"吴德彪撸了撸袖子，"案情的调查结果我们局已经公布得清清楚楚，所有证人证言一律齐全。宋小彪没有谋杀，也曾有施救行为，老鼠药是王得胜买的，且宋小彪是无刑事责任能力人，你脑子怎么还转不过来呢？"

吴月婵向吴德彪说出了自己的推测："爸，这是一起谋杀案，但谋杀的不是那个女孩，而是那只猫。"

吴德彪蒙了，说了半天，又变成谋杀一只猫了？

吴月婵接着阐述道："在我看来，宋小彪有智力障碍不假，有人说他妹妹坏话，他就能一巴掌把人打得脑震荡。你想想，那只猫让他妹妹全身过敏，大病一场，他是否有可能对那只猫复仇。

把女孩和她的猫骗到家里，然后给猫下毒，结果受害者吃了蛋糕，造成了这场悲剧。"

吴德彪笑了起来，见老板冲他看了眼，又收住了："月婵啊，你怎么没去当作家呢？如果咱俩生在古代，那只猫又恰巧是皇上的御猫，那咱们定把凶手绳之以法，午门抄斩。现在什么年代了？中国关于虐待动物的法律都没完善，况且你这完全是胡乱推测。宋小彪为什么不直说他想杀的是猫，而不是老鼠？杀一只猫有什么大不了的？"

"爸，亏你还是个警察。他这么说，那他不就有了犯罪的主动性了吗？如果说毒的是老鼠，那他就可以撇开责任。"

"一个有智力障碍的人能想到那么多吗？"

"为什么不呢？"

"你这种猜测太荒唐，这不会改变案件的结论。根据我国法律，宋小彪在这起事件中是不用承担刑事责任的，更别说对动物的犯罪。我相信以后法律会逐步完善，不冤枉好人，也不放过一个坏人。而且，你这个推断最大的问题在于，猫吃蛋糕吗？谁会在蛋糕里对猫下毒？老鼠是爱吃甜食的，没问题。"

"谁说猫不吃蛋糕？"吴月婵有点急了，但自己一时间也捋不清思路，"爸，你听我说，事情没那么简单。"

"你什么也别说了，回家吧，你妈做了夜宵，我们再去吃点，演个戏。要是让她知道咱们在外面吃过了，可能也会在我们的饭菜里下毒。"

吴德彪把外套从椅背上抽起，披在身上走出店面，账都没结。

吴月婵结完账，匆匆跟上，两人一块上车。

在车上，吴月婵陷入沉思。她也想不通自己究竟想查些什么。从小到大，她好奇心重，对什么事都想刨根问底。这个家庭太奇怪了，为什么一个有心理问题的少年，如此关爱毫无血缘关系的妹妹？王得胜的丈夫究竟去了哪里？王得胜到底是个什么样的女人？有没有人协助犯罪？她是个记者，查不了案，案子也结了，判决客观公正。但她很想再写一篇报道，一篇脱离新闻性质的报道，讲述这个家庭不为人知的隐情。或许这篇报道会产生一种引力，能够让社会去关注一些底层家庭，关注青少年的心理健康，而不只是关注判决结果，毫不思辨。

为什么自古以来犯罪事件层出不穷？本质上是人被异化了。人一旦被异化，就不再是环境和行为的主人，而是成为它们的仆人，会越来越难控制自我。

第六章　殡仪馆

　　李然从夜市回到家，他在家里四处找了找，没有找到鱼缸，于是把捞来的金鱼倒进了一个刷牙杯里。它无法向前游，只能在杯子里转圈。

　　他把匕首放在桌子上，白刃反射出锋利的光芒，于是他又走到洗浴间，拿了块毛巾扔在匕首上，遮住刀刃上的光。

　　接着，他走出房门，靠着阳台点一根烟，一阵冷风在他的裤腿边打了一个回旋。

　　抽着抽着，他疯癫般地笑了两声，自嘲是个废物，没胆子报仇，还帮仇家捞了一条鱼，一出悲剧硬是被他演出了喜剧感。

　　这时，手机响了，是他爸李建明打来的电话。

　　"李然，你在哪儿？"

　　李然没回答。

　　"他们来找你了，钱还没赔干净？"

　　"我才出狱多久，哪有钱赔给他们？"

　　"好，我知道了，我想想办法。"

　　父子俩挂了电话，李然把烟扔在地上，狠狠往墙上踢了一脚，没承想，他的大脚趾骨折了。他咒骂了一声绿植，跷着一只脚，跳进了屋里。

待疼痛感下去，他又愤愤拿起手机，给管方打了一个电话。管方曾经是李然在管弦乐团的经理，负责帮乐团拉业务，对接各种演出活动。

"喂，管方。"

"李然？"

"是我。"

"你出来了？"

"是啊，四年多了，减刑了两个月。"

"有什么事吗？大半夜的。"

"能不能见个面？有些话当面说吧。"

"……"

"喂？"

"我在，好，见个面。"

两人约了一个见面地点和时间，便挂了电话。

李然回想当年入狱之事，与管方有撇不清的关系。他俩当年在乐团是好友，常在一起喝酒，谈音乐，谈女人，谈理想。当年管方给乐团接下一场重量级的演出活动，要去莫斯科，李然是主大提琴手。那一阵，李然刚与陈雯离婚，状态很糟，情绪起伏不定，时常缺席排练，在演出名单下来前，管方找了另一个琴手替换了李然。得知决定后，本就受了刺激的李然魔怔了，他找到那个替他的琴手，把人给打残了，断了三根肋骨，最终法院以故意伤害罪判处李然四年六个月有期徒刑，赔偿三十万元。李然在牢里反思了几年，接受了法制、道德、思想、劳动、心理健康等教育，如今，牢是坐满了，人也改造了，钱还没还上，对方打听到李然出狱了，又上门讨债来了。

李然和管方约好在一家以前常去的酒馆见面。两人碰面后，冷淡地打了个招呼，找位置坐下，管方给李然递了根烟，给他点着火。

四年多没见，管方四十多了，头发白了很多。他拿起酒瓶，给李然倒了二两"同山烧"，自己也斟了点，只倒了一两左右，与李然碰了碰杯，先抿一口。

管方拿着笔在菜单上扫来扫去，问李然吃点什么。李然说随意，他自嘲牢饭吃饱了，胃口也不好，让管方有些难堪。点完菜，管方问李然："怎么样，出来后还适应吧？"

李然把烟一吐，说："贱命一条，有什么不能适应的？你头发怎么白了？"

"我老婆最近查出了胰腺癌，这病你应该听说过，癌症之王，没得治。你看我这头发，愁得啊！"管方喝了一口酒，也不多啰唆，直截了当问，"要我帮你什么？说吧，借钱就免谈了。"

"知我者，莫若你啊！"李然也不掩饰，他说，"我钱还没赔干净，当年那笔账，我没算你，想着你今天良心发现，借我点。"

"我哪有钱？都拿去给老婆治病了。还有，那笔账跟我没关系，咱俩兄弟归兄弟，工作归工作，当年你已经拉不了琴了，你会把演出搞砸，我这才找人替了你。"管方抽了口烟，又说，"不过你确实也搞砸了，你把人打了，进去了，我被开了，大家都没去成莫斯科，扯平了。"

李然和管方笑了，两人又碰了下杯。这么些年过去了，李然也释然了，没人跟自己有仇，的确是自己当年疯了。换位思考，也能理解管方的作为，今日找他一方面借钱，借不到就算了，另一方面，就当老朋友叙旧。这城市里总得有个说话的人，否则自己跟孤魂野鬼有什么区别？

菜上齐了，两人五分钟都没动筷子，各怀心事。从前无话不谈，即便是粗鄙之事也能放到台面上说，这会儿却不知从何谈起，表情漠然，毫无激情。

过了一会儿，桌上的干锅散发出一阵焦味，两人都闻到了。管方赶忙用筷子在锅里捣了捣，把酒精灯熄灭，两人这才动起筷子。

管方说："李然，其实接到你的电话我挺意外的，本以为我们不会再见面。"

李然告诉管方："这次我回来，主要是来处理我女儿后事的。"

管方的脸冷下来，说："你的事情我都知道了，听说那男孩被关起来了。"

"嗯，有智力障碍，要被关两年。"

"呸，才两年，治得好吗？别以后放出来了又危害社会。"

"警察说是意外，我能怎么办？"

"我看了新闻，这事咱们没办法，还是得信人民警察和法院。向前看吧，孩子命就这样，你也别太自责，谁都混蛋过，改了就好。"

"不说这个了。"李然把杯子里的酒一口干了，眯着眼咂巴一下嘴，"你现在还做乐团经理吗？缺不缺人手？"

"做啊，怎么不做？我就干这门生意的。你别笑话我，我现在跟殡仪馆合作，从那儿拉业务，专门给白事吹拉弹唱，你要是会吹唢呐，你就来吧。"

"别开玩笑了。"

"谁跟你开玩笑？"管方随后掏出皮夹，夹出一张名片递给李然，上面用烫金的字体写着宁市久久殡仪馆，证实自己的说法。

李然看了看名片，把它往烟灰缸边一甩。"你搞什么？好好的乐队不做，去给殡仪馆工作？"

管方摆了摆手，眯着通红的眼，跟一只耗子似的，贼兮兮的。"你坐牢太久了，现在都什么时代了，哪有人听管弦乐啊！死才是人生大事。以前我们奏给活人听，现在奏给死人听，没什么不同。我告诉你，现在死人的生意比活人好做多了，谁不想风风光光、体体面面地走？以前咱们去演出，哪一场不被人骂？死人能骂我们吗？不能吧？过了奈何桥，谁管人间事？"

"算了，今天的事情当我没说。"李然显然对这门生意不感兴趣。

"别他×在那装清高了，你这人的五脏六腑、心肝脾肺，我看得一清二楚，你就是太傲慢，不肯低头，所以你活不好。艺术来源于生活，又要回归生活，死也是一种生活，也是种艺术，我就想着把人风风光光送走，把钱干干净净赚到手，活着就明明白白做人，死了就清清白白做鬼，比你通透多了。来，再干一个。"

管方拿起杯子朝李然伸出去。

李然没搭理他，自顾自吃菜，坐了几年牢，一出来连人都不会做了。他有些烦闷，心里没计划，手艺也丢了，死了一回没死成，做鬼都没入门。

管方盯着李然看了一阵，李然嘴巴动着，菜不下咽，浑身上下散着怨气，那脸就跟遗像似的挂他面前，让他也食欲全无。管方决定把心中盘算已久的计划向李然和盘托出。

"李然——"管方喊了他一声，招了下他的魂，"你现在这个样子，要去乐团肯定是没戏了，没有乐团会招有案底的人。最近我有个计划，我在做一支殡葬乐团，以管弦乐为主，天天吹拉弹唱，我耳朵都长茧子了。现在死的人，年轻人也不少，自杀的，出意外的，得癌症的，都有。我跟殡仪馆谈过这个想法，打算把殡葬音乐做得高端一些，新潮一些，也好加价钱，这个在商业管理学中叫作——赋能。你有兴趣的话，周末可以去久久殡仪馆，会有人接待你。赚多少钱我不敢保证，混口饭吃没问题。"

"你让我去殡仪馆？吃白饭吗？"

"怎么，瞧不上？今时不同往日了——李然，要是什么事情都能如人所愿，那我俩今天也不用在这儿喝了，怎么说也要在法式餐厅里喝一杯轩尼诗啊！"

"行，我想想，回头答复你。"

菜吃了一半，管方起身要走。"行了，今天就这样，我得回去陪老婆了。"他结了账，跟跟跄跄离开酒馆，门口一个趔趄，稳住身子后，招了一辆出租车。

第六章　殡仪馆

李然又在酒馆坐了一阵，继续喝剩下的酒，酒劲一上来，他趴在饭桌上睡着了。饭店要打烊，店员就把他架到出租车上。他回家后洗了把脸，清醒不少。他看着那条刷牙杯里的金鱼，它兜兜转转，不停歇，不睡眠，渴望生存，就这么一只不起眼的动物都活得比自己有骨气。

他走到一个书架前，找到一本相册，相册里都是女儿与陈雯的照片。他翻到最后一页，塑料膜的角是翘起的，里面夹着一张女儿一岁时与他的合照。照片中他在拉琴，女儿听见音乐蹒跚而来。倏然，他有些触动。

他合上相册，走到浴室用脸盆接了盆水，将杯里的金鱼倒进脸盆里。

翌日，李然坐上公交车，沿着环城南路，一直向北前往市郊。经过一片墓园后，再往前一公里，到终点站下车，沿着湖边步行道走三五百米，就到了久久殡仪馆。

殡仪馆前有一个送别广场，半个足球场那么大，广场中央有个炮台，李然没走几步，炮声响了，给他震了一下，附近的鸟都从树丛里飞了出来。

他看到一群人，穿着白衣，抱着骨灰盒排队往前走，一个个掩着面哭。一个孩子从队伍中跑出来，去捡地上的石头玩，又被家长拉进队伍中，他的胳膊也被狠狠掐了一下。

这回，孩子也哭了。

李然走到一个靠东边的纪念品商店。宁市信观音，围墙外不远有间观音阁，商店里卖的大多是一些观音的木牌和玉器。

他拨了个电话，十分钟后，楼上下来一个五十多岁的男人，他见到李然，上前与他握手，自称是久久殡仪馆的经理。

他领着李然上楼，用钥匙打开一扇门，屋里很空，窗帘是黑色的，绘着祥云图，遮着窗。房间后边堆着各种乐器，有电子琴、大鼓、唢呐、古筝……还有一批新到的管弦乐器，是管方采购来的。

经理摸了摸墙壁上的开关，把灯都打开，他对李然说："管方说了，你大提琴拉得好，以前当过主琴手。我们现在生意不景气，人的寿命都长了！哦不，你别误会，活得久当然是好事，问题是，我们的财务状况这几年不太好，上不去了。我上回和管方聊了一阵，他的提议我很感兴趣，我们打算再搞一支弦乐队，把这里造成一个小剧院，再摆上椅子，给客户办一个送别音乐会，又庄重，又艺术。现在不是流行造网红吗？为什么我们不搞个网红殡仪馆？"

李然对他们的商业战略并不感兴趣，只是急需一份工作，反正自己每天也死气沉沉的，与这里的氛围倒蛮贴合。

他刚要说话，外面的炮声又响了，他条件反射地一缩身子。等炮声响完后，他们继续交流。

经理说："薪水问题你放心，毕竟我们这工作多少不受待见，你看我四十多了，现在还没女朋友。上次认识一个网友，她说她爱看恐怖片，《山村老尸》敢一个人看，胆子大，所以我就去跟她相亲了，可一说我在殡仪馆工作，人马上就跑了。噢，我扯远了,我们这有基础工资、绩效奖励,还有年终奖,包吃住,你看怎么样?"

李然摆摆手说:"住就不必了。"

"唉——又不是住太平间,我们宿舍楼很干净,不闹鬼。你要是怕,楼下买个观音像,我给你员工价。"见李然无动于衷,经理笑了笑,接着说,"管方跟我很熟了,他推荐的人应该没问题,今天你来面试,我们走个流程,这有琴,你拉一段。"

"好。"李然搬了把椅子,打开一个琴箱,拿出琴,调了调音,将琴头靠在肩膀上,拉了首巴赫的曲子。有几段走音了,总体像模像样。

"好好好,你等我下。"经理走到门外,给管方打了个电话。通完电话后,他又走回房间,告诉李然他被录用了,现在就可以去他办公室签劳动合同。

李然跟他来到办公室,在沙发上坐下。经理开了电脑,连上打印机,打了一份A4纸合同,一式两份,让李然签字。李然拿起笔,眼睛快速扫了扫合同条款,停了会儿。

"没事,签吧,不是签生死状,也不是卖身契,就是一份工作,你能适应的。"经理推了推眼镜。

李然签了字,与经理握手,准备要走。经理把他送到门口,又折回商店,拿了个纪念品,递给李然。"员工福利。"他说。

李然收下,装进兜里,没走几步,他意外碰见了一个人。

是王得胜。

两人对视一眼,认出了对方。彼此都有疑问,他(她)怎么来这儿了?

这一次,李然将她的五官看得清清楚楚,这个地方生人少,王得胜不再遮遮掩掩。

王得胜小跑两步到李然面前,喜形于色:"哥,你怎么在这儿?"王得胜指了指自己,接着比画了一个捞鱼的手势,"还记得我吗?上回你给我家女儿捞了一条金鱼。"

"记得。"李然回答。

"你来这儿……"王得胜不好意思问下去,一般来这儿的,要么是工人,要么就是家里有人过世。她马上把话题转到自己这边:"我以前在这儿工作,在食堂做饭的,今天来见一个朋友。你看到那幢宿舍楼了吗?我以前就住那儿。"

李然顺着王得胜手指头指的方向看了一眼,回过头,他说:"我马上也在这里工作。"

"你做什么工作?"

李然说:"这里招音乐演奏的,给人送殡,我今天过来面试。"

"啊,你是个音乐家啊,你搞什么音乐的?"

"大提琴。"

"我知道,我雇主家孩子也学这个,比小提琴要大,要靠在身上拉。"

"对,是这样的。"

王得胜又露出了悦慕的神色:"我以为拉这个琴要在那种大剧院,一大群人坐在一起拉,前面还站着一个指挥家,没想到还能在这里找着工作。学起来难吗?"

"因人而异。"

"工资怎么样?"

李然被问得有些不耐烦了,他表示自己今天有事,得赶紧走。王得胜拦着他,问他要电话。李然不清楚她要电话做什么,他厌恶这个女人。这世上有很多事情都解释不清,一旦某些人的命运产生关联,它就如丝线一样将两人纠缠在一起。

他给王得胜报了自己的电话号码,王得胜掏出手机,一个个按下,然后拨通李然的电话,再挂掉。

"这是我电话,我们有空再联系。"

王得胜和李然作别,她三步一回头看李然,见李然走远了,便小跑向办公楼。

李然双手插在兜里,沿着广场的送殡小道失神地往前走。这条小道的草木尤为茂盛,辟开了一条人间大道。这人间虽处处草木,万物生灵,可当你不再热恋,或被蒙蔽时,到处是黄泉路,步步是奈何桥。

人总是有将绝望作为武器毁灭自己天赋的时候。

他有些后悔今日的决定,但又不得不接受生活的落差,向来自负的他从未想过自己会成为一个殡仪馆的音乐家。回忆过往,似乎他的每个决定都没有给他带来好的结果。但这一次,他怎么也不会想到,今天的这个决定将会改变他的一生。

第七章　艺术家

王得胜跟老友叙完旧，回家后，走到陈小雨房门口，用钥匙转开门锁。门一开，屋里臭气熏天，陈小雨把大便拉到了坐便器外面，鞋子上也是屎，踩得满屋子都是。

这次王得胜回来，小雨没有像从前一样扑到妈妈身上，而是冷冷地蹲在墙角，抱着自己的膝盖。

王得胜呕了两声，差点吐出来。她踮起脚避开地上的排泄物，走到陈小雨面前，把她像猫一样拎了起来，扔到床上。再把她身子翻过来，脱下裤子，掰开屁股蛋，用纸按到屁股缝里擦。

擦完后，又狠狠地朝着她的屁股蛋啪啪啪打了起来。

"你这祖宗，我跟你说多少次了，把大便拉到马桶里，再把屎擦干净。你是要把你妈给气死吧？"王得胜骂骂咧咧，抽打小雨屁股，把她屁股蛋抽到通红，"我让你不听话，让你不听话，你再拉到外面试试？我让你全吃下去。"

陈小雨噘着嘴，没哭，也不说话，熬了一阵后，眼泪才嗒嗒落下。

王得胜的火还烧着，对着陈小雨继续责骂："你已经六岁了，不是小孩了，你妈我不可能照顾你一辈子。我就算今天不被你气死，也会比你先死，我死了以后你没依靠了你明不明白？你要么就跟我一块去死，要么就好好活，学会自力更生，我教过你多少遍了？"

抽着抽着，王得胜也哭了，她又痛苦，又心疼。她认定自己前世是作过孽的，上辈子仇人，这辈子母女，命运给她开了好大一个玩笑，又折磨孩子，又折磨自己。她也不想把孩子像牲口一样锁屋里，可不这么做，这孩子迟早出事。身上长出来的肉，哪怕是一块烂肉也割不掉。有时她觉得，比起女儿对她的依赖，其实她更依赖女儿。摊上自己这样的妈，女儿又何尝不命苦？到底是我上辈子欠你，还是你欠我？两人相依为命六年，已让王得胜疲惫不堪，这往后的人生该怎么过？

"妈妈你别哭了。"陈小雨搂住王得胜的脖子，把脸贴到她的脖颈，两人的泪融到了一起，滚烫滚烫。

王得胜抱住孩子，自己也像一个撒完气的孩子："你说，为什么要干坏事？"

"妈妈，我不想被关着。没有宋小彪，我也能照顾自己。"

"你怎么照顾自己啊？"王得胜拉开了陈小雨的袖子，拍了拍她胳膊上的疤痕，"你忘了你上回把热水壶打翻了？把自己烫成这样。"

"可是你今天好晚回家，我很怕有一天你就不回来了。"

"妈妈会在的。妈妈答应过你，只要妈妈没死在外头，妈妈一定会回来。"

"你为什么不能带我一块儿走呢？袋鼠妈妈都是把小袋鼠装进口袋里的。"

"你怎么知道的？"

"我听广播里是这么说的，鲸鱼妈妈也会带着自己的宝宝。"

"它们是动物呀，我们是人。动物的世界很危险，妈妈不在身边就有可能被吃掉。"

"你不是说人也很危险吗？让我不要相信任何人，除了你之外。"

"妈妈只是害怕，害怕有一天你离开我。妈妈以前是一座山，现在是一片海，而你是一条小鱼，你在我的肚子里游，游着游着，你就会长出两只脚，离开大海。"

陈小雨身子往后一躺，把两条小腿抬得老高："妈妈你看，我不是有脚吗？"

王得胜答不上来。她把陈小雨抱进卫生间，放了一盆热水，给她装进盆里，把毛巾卷在手上，在她身上来来回回搓。搓完后，把她抱到了自己的床上，盖好被子，关上灯。

洗完热水澡，陈小雨很快打起了呼噜。

王得胜把下巴顶在女儿头上，她感受到女儿的呼吸，在自己的皮肤上一起一伏，让自己身上的毛细血管都活络了起来。

随后，她轻掀被子，走到屋外阳台，拨了一个电话。

"喂，老板啊，我得胜，大晚上打扰了。我求您个事，我明天能不能把女儿带过去？对，她很懂事的。哎，好好好，谢谢谢谢，您早点睡。"

第二天，当陈小雨得知自己要跟王得胜一块儿去上班，高兴得跳了起来。王得胜给陈小雨定了一些规矩,问她能不能做到,她说能,一定能,给王得胜宣誓敬礼。

母女俩蒸了两个包子,坐着公交来到市郊东钱湖,那有一片湖边别墅,样式统一,共三层,自带花园,草坪鲜绿。别墅区东边,是一片高尔夫球场,西边是一个游艇码头。

王得胜牵着女儿来到一栋别墅门前,按了门铃,女主人过来开门。

"陈太太,这是我女儿,她叫小雨。小雨,快跟阿姨打招呼。"

陈小雨怯生生打个招呼:"阿姨好。我会乖,不会在家里捣蛋的。"

陈太太蹲下身,摸了摸小雨的头,又捧着她的脸颊,左右打量着孩子的脸:"这孩子一点也看不见吗?"

"是的,她生出来就看不见。"

"真可怜,你一定很辛苦吧!"

"习惯了,自己身上掉下来的肉嘛!"

王得胜带着小雨进屋,陈太太离开了一会儿,回来时塞了一只兔子给她:"小雨,这是给你的礼物。"

这时,屋里的男孩不乐意了:"那是我的玩具,为什么要送给她?"

"骏骏,这个玩具你不是早就不玩了吗?妈妈以前怎么教你的?要学会分享。"

王得胜点头笑了笑,连声道谢。

陈太太要出门办事,屋里就剩下王得胜和两个孩子。王得胜在哪块区域做卫生，就把女儿带到哪里。女儿很乖，就坐在椅子上晃着脚。

上午十点，王得胜要监督骏骏练大提琴，晚上音乐老师来收作业。骏骏拉着琴，小雨就坐在旁边听。她对声音特别敏感，听着听着，就哼出了旋律。陈小雨问骏骏能不能让她摸摸大提琴，骏骏不练了，就让她摸。陈小雨好奇地摸了摸，她觉得大提琴真古怪，有四根弦，用手拨了一下，会发出一阵低沉的声音，像牛叫。

王得胜看着女儿好奇地摸着琴，心里不是滋味。她还是那个念头，不是女儿拖累了自己，而是女儿投错了肚子，是她欠女儿的。要是自己有钱，她也让女儿练大提琴，以后当个音乐家，有口正经饭吃。但转念一想，当音乐家不切实际，万中无一。她又想起上次在殡仪馆遇到李然，他不就是搞音乐的吗？在殡仪馆有份工作也不错，不用跟太多人打交道，或许女儿长大了也能去那儿工作。

有了工作，她的脚就长出来了。

王得胜去厨房烧菜，留两个孩子在客厅里玩。玩着玩着，两个孩子互相看不顺眼，便吵起来，抢起大提琴，陈小雨力气大，一把就把琴抢了过来。落败的骏骏骂小雨是瞎子，是穷鬼，小雨一气之下咬了骏骏一口，还把大提琴的弦给扯断了。

王得胜听到动静，出来一看，吓坏了，女儿把骏骏咬出两道牙印，皮肉上还有血渍，她急忙带着孩子去医院，消完毒包扎伤口，一边给陈太太打电话，不停道歉，向对方承诺自己一定负责到底。小雨觉得自己没做错，为什么要跟他们说对不起？她坚决不肯道歉，王得胜扇了女儿一巴掌，把她的脸蛋打得又疼又烫。

骏骏父母赶到医院，看小王子受了伤，心疼得不行，问王得胜这孩子怎么这么野，万一要是用刀割了骏骏的脖子怎么办。王得胜点头哈腰，表示会赔偿，也不提孩子怎么闹的矛盾。陈太太当着王得胜的面给小雨使了一个凶戾的眼神，脱口问医生自家孩子需不需要打狂犬疫苗。

王得胜和陈小雨都受到了羞辱，两人不置一词，只期待事情尽快平息。

处理完骏骏的伤口，王得胜和陈小雨回家了。王得胜给女儿下了惩戒，从明天起，陈小雨继续关禁闭，不能再跟她去上班。小雨问为什么。王得胜说，这种事情不能再发生第二次，否则自己就会丢工作，还不如好好认错，把损失减到最小。

小雨觉得妈妈是个懦夫，如果宋小彪在，他会把骏骏的门牙打下来。

"打架能解决问题吗？你看看宋小彪，你以后也想去坐牢吗？"王得胜训斥道。

陈小雨气得一跺脚，跟王得胜大吼道："我现在不就是在坐牢吗？"

王得胜心一酸，把女儿搂到怀里。小雨在王得胜肩上咬了一口。王得胜没躲开。

小雨心里难受，大口喘气，无处发泄，她又要被锁在这个空荡荡的房间里。每当听到外面孩子在玩，她就把耳朵捂住。她希望自己是一只蝙蝠，可蝙蝠虽然看不见，但是它们可以飞到任何想去的地方。

晚上两人睡觉，背靠背，各怀心事。

小雨嘴里一直巴拉巴拉地念着：

"妈妈，如果我是一个妈妈，我决不会打小孩。我会保护她，不让她受欺负。"

"妈妈，这里是不是很多人都不喜欢我们？"

"妈妈，你的肩膀还疼吗？我只是轻轻咬了一口。"

"妈妈，我们离开这里吧——"

王得胜翻了个身，又抱住女儿，把女儿往怀里塞："我们哪儿也不去，就在这儿，这是我们的家。我们没办法去纠正别人，我们要做的是改变自己。"

"妈妈，那我会长出脚吗？我要是没长出脚，是不是会死掉？"

"如果你长不出脚，那就一直在海里游。"

"那海要是干了呢？"

"在海干之前，你会长出脚来的。"

说到这儿，王得胜心里有了一个计划。

她趁女儿睡着了，溜出门，摸出手机给李然发了个信息，问他周末是否在久久殡仪馆。半小时后，李然回了消息，说他在。王得胜继续回信息，约他见个面，说有要紧事。李然同意了，没问是什么事。

王得胜蹑手蹑脚回到屋里，陈小雨醒了，问王得胜怎么大半夜还不睡。王得胜问陈小雨："你想不想学大提琴？"陈小雨以为王得胜在骗她，就说不想。她妈是出了名的小气鬼，撒谎精，怎么可能让自己学大提琴？王得胜说这回没骗她，要是骗她，就天打五雷轰。王得胜又说，她已经给她找了个老师，是个音乐家，虽然不是那种大剧院里的音乐家，但烂船也有三斤钉，问她想不想见一见。陈小雨说想，当然想。母女俩先前还在置气，这一下又和好了，都兴奋得睡不着觉。

周末，母女俩来到了久久殡仪馆。小雨对这里不陌生，她虽看不见，但是这里的声音她都记得。有时候有哭声，有时候有鞭炮声，有时候还有各种音乐声。王得胜说："小雨，我们又回来了。"小雨很高兴，这里的广场很大，她怎么跑都不会摔倒。

母女俩和李然见了面，就在观音阁旁的那堵围墙下，三人站在树荫里。王得胜让小雨跟李然打招呼："小雨，他就是上次帮我们捞金鱼的叔叔，是个音乐家。"

"叔叔！原来你是个音乐家啊？"小雨很意外。

王得胜开门见山："哥，是这样的，我女儿眼睛看不见。我想，能不能让她跟着你学点音乐？"

李然很吃惊，她大老远跑过来，就是想要让女儿跟他学琴？李然觉得离谱，王得胜脑子进水了，教出来的孩子也不正常。

李然用手在陈小雨眼前晃了晃，问："她一点也看不见吗？"

"嗯。"

"这很难，要识谱的。"

王得胜说："那个拉《二泉映月》的，那个阿炳，不也是瞎子吗？"

李然说："他拉的是二胡，我这是大提琴。"

"大提琴怎么了？"王得胜又举例道，"那贝多芬也是瞎的，他弹的是钢琴。"

"贝多芬是后来才瞎的。"李然有点不耐烦，准备走，"你去问问别人吧，我还要排练。"

王得胜拦住他，不让他走："那你说学什么好？"

"学点盲文，或者口琴吧。"

"不，我们就想学大提琴。"王得胜弯下腰，问小雨，"小雨，你想学大提琴吗？"

"想，叔叔你教我大提琴。"小雨也拦在李然面前，母女俩一左一右缠住了李然。

"哥，你一身手艺，总得收个徒弟吧，有了徒弟，还能给您敬茶。"

"别别别，我没这套规矩，也别在这种地方给我敬茶，我还没死。"

李然把王得胜的手从自己胳膊上摘开，王得胜索性又用两只手给他拽住。"哥，我女儿要学，必须要学，求求你，收了她。"

王得胜又说："你又不是个剃头师傅，教会了徒弟饿不死你的。"

李然严肃起来，信口一说："你有钱吗？我不做慈善。"

"有，你开个价。"王得胜的底气也鼓上来了。

"一周两节课，一节课五百块。还有，去买一把2/4型号的大提琴，三千块左右，适合孩子练习。"

"好——我今天就去买。"王得胜答应了,她省吃俭用半辈子，这回算是豁出去了。她想，只要女儿拜了师，学了艺，以后找着工作，有了收入，眼下的付出都是会回来的。大不了自己再做一份钟点工，日子总是先苦后甜。"哥，明天你去我家吃个饭，我做几个好菜招待下你。我们懂规矩，就不在这儿给你送东西了，像上供。"

看着王得胜那股倔劲，李然恨意滋生，他恨她的口气，恨她那副嘴脸，恨她全身上下的鄙俗，连气味都恨。他答应王得胜，明日就去她家，或许还能查到女儿死亡的真相。

"我明天过来，还有，我叫李然，岁数比你小，不要叫我哥。"

"好好好，一言为定。我叫王得胜。"

王得胜发自内心地高兴，她抬头看了看天，一片阴云的弧边慢慢散出来一道光，她突然觉得生活有希望了。

王得胜和李然作别，她带着女儿坐车来到了市中心的一家乐器行。她让女儿自己选一把大提琴。陈小雨摸了摸这把，又摸摸那把，用耳朵听琴的音色，似乎在挑选与自己的灵魂能共振的弦音。她挑了一把胡桃木的大提琴，价格六千。王得胜咬了咬牙，舍不得孩子套不着狼，六千就六千。

王得胜正要付钱，女儿拉住她的胳膊，"妈妈，我还是不学了，我肯定学不好的。"陈小雨倒不是不想学琴，就是有些内疚，她觉得是自己经常无理取闹，妈妈才想办法哄她开心的，她平常连一个玩具都不舍得给自己买，这六千块花出去，家底就空了。

母女连心，王得胜自然知道女儿的心思，她安慰女儿："小雨，妈妈有这个能力让你学。妈妈不是说过了吗？你跟别家孩子没什么不同。只要你肯努力，总有一天，你会成为一个非常优秀的演奏家。"

"可是……"

"别可是了，听妈的话，以后妈妈累了，你就给我拉琴，咱俩就算扯平了。"

王得胜刷了卡，买了琴，店家把大提琴包进琴箱，把母女送到门口。

王得胜背着琴，拉着女儿的手，两人就在一片银杏小道上走。她就想跟女儿一起走一会儿，再走一会儿。她的脊椎骨直了，头抬高了，叶落风吹，在她脸上捏出一个笑，映射出一种她灵魂深处的倒影。

此时此刻，她觉得自己也像个艺术家了。

第八章　晚餐

　　李然独自在"久久"工作一周,每天就是坐在剧厅里拉琴。管方还没有找到其他乐手,人家一听要给死人演奏,撂下一句"神经病"就跑了。正好这段时间,他把一些曲目反复熟悉熟悉。他的关节有点僵,按不稳弦,这是坐牢落下的病根,记忆力也不比从前,弄丢了剧厅两把钥匙。

　　他有点担心管方的商业计划能不能落地,毕竟他的嘴皮子比实际能力出众,要是乐队组不起来,拿不到业务,就没绩效金,身上的债这辈子也清不了,得匀到下辈子还。正好王得胜来找他,让他当她女儿的音乐老师。他接了这份兼职,倒不只是为钱。他不清楚王得胜为何如此执着让女儿学琴,但这或许是他得到的最好的机会。只要能进她家门,他就能查清女儿的死因,还女儿一个公道。

　　恍然间,他想,这人生真像个剧本,演到哪儿是哪儿吧。

　　那天周末,李然一直躺到傍晚五点,王得胜早就给他发了家庭住址,李然五点半到了王得胜家。这一次,他发现王得胜家门口的那些字已经被粉刷干净。他敲了敲门,王得胜开门,引他走进了那间罪恶的房屋。

"李老师,请进请进,我家有点简陋,多多包涵啊!"

李然在门口定了几秒,恍惚间,他脑子里满是莫妮卡的哭声。于他而言,这分明是个凶案现场,那种仇恨与愤怒交织的情绪,让他的指骨几乎要从手皮里破出来。

王得胜又叫了他一声,李然回过神,他松开指关节,进了屋。

屋子很简陋,没有像样的家具,边角有张沙发,沙发上有个洞,露着棉芯。客厅中央摆着一张餐桌,与街边餐馆摆在过道上供食客吃饭的餐桌一样,可以折起来,但是餐桌中央有束花,是新的,有了点仪式感。

王得胜对朝北的房间喊了一声:"小雨,你老师来了。"陈小雨听到呼喊,关掉收音机,穿着拖鞋从房间里跑出来。她看不见,但是一下就锁定了李然的方位。

王得胜在屋外阳台上还有一锅五花肉炖着,她拿着一碗剥开的鹌鹑蛋走到屋外,掀开锅盖把鹌鹑蛋倒了进去,又剪开一袋老酒倒了点进去。王得胜说,还得炖三十分钟,让李然先进屋教课,她再炒几个菜。

李然在沙发边的一张矮桌上看见一个摆台,上面有一张女孩和宋小彪的合影,这让他感到极度不适。李然告诉王得胜,他今天没胃口,就是来教琴。

李然和陈小雨走进她的房间,她的房间里摆着一个水盆,水盆里是李然上次给她捞的金鱼。她的大提琴就放在床上,这些天,陈小雨都和大提琴一起睡觉,晚上摸不着,心就不安,这是她人生中最重要的一份礼物。

李然说:"好了,首先,我们自我介绍一下吧。你先开始。"

"我叫陈小雨,今年六岁,你呢?"

"我三十四岁,你可以叫我李然。"

陈小雨问:"李然?为什么不叫你老师呢?"

"我觉得我们可以先从朋友做起。"李然说。他认为师生是一种既严肃又亲密的关系,此时他的内心还无法接受她做他的学生,他将之视为逢场作戏。

李然接着问她:"你能告诉我,为什么想学大提琴吗?"

陈小雨说:"妈妈让我学的。我妈妈每天要去别人家工作,她很辛苦。她希望我能和别的小孩一样,有一技之长,如果我以后成了一个音乐家,我就不会被别人看不起了。"

李然觉得王得胜天真又荒唐,有些缺陷任凭你如何努力都无法弥补,她们这种家庭,永远都意识不到这点,迟早会为自己局限的认知受到生活的惩戒。他对陈小雨说:"好,你坐好,我先教你如何握弓。"

陈小雨马上进入状态,她摆好姿势,把大提琴靠在身上,这是王得胜教她的。在李然来之前,母女俩已经预备了好几次。

"很好,现在,你把这架琴想象成一艘船,这四根琴弦就是船上的船员。你们扬帆在辽阔的海洋上,你要好好指挥你的船员,就像这样。"李然站在她身后,帮助她调整手指的姿势。

"李然,这样我的手好酸啊!"

"别叫。你要记住三点。一、手指一定是自然弯曲的。二、手臂要放松。三、弓要垂直于琴弦。来,像这样来回摆动,先不用拉出声音……"

和李然预想的一样,第一节课没给陈小雨带来太大的乐趣,光是握弓就让她难受得不行。不过,陈小雨倒没什么脾气,当她拉出第一个声音的时候,她马上就笑了出来。

在课上,陈小雨一直不停问:"李然,这样对吗?""李然,我做得对吗?""李然,你看看我这样行不行?"

"你做得不错,但要记住,别以为自己很快就能学会拉琴,学大提琴需要长年累月的训练,要有坚定的决心,按照我教你的,有时间就去练习。"

第一节课结束。陈小雨站起来的时候绊了一下,人和琴都"嘭"地摔在地上。下意识地,李然想上前扶,手刚伸出去一半,他又连忙停下。

陈小雨爬起来后倒没有喊疼,一直紧张地问李然琴有没有摔坏。她把这把琴看得比自己更重要。在得知琴完好无损后,她愁云密布的脸总算舒展开了。

李然打开房门准备走,王得胜叫住了他:"李老师,我女儿学得怎么样?"

"还行。"

"啊!辛苦你了,这孩子没给你闹脾气吧?"

"没有,今天只是基础练习,接下去的课程会难一点,我不会因为她情况特殊而对她放低要求,能不能学下去,得看她。"

"没事,你不用放低要求,她就跟别的孩子一样。"王得胜在围裙上擦了擦手,"饭做好了,你吃完再走吧。"

"不用了。"

"吃完再走嘛,你看,我都做了这么多菜,都是家乡菜,不吃浪费了。"

李然看了一眼餐桌,餐桌上摆着四菜一汤,有鱼有肉,还有一碗干饺。犹豫了一会儿,他搬出凳子坐了下来。王得胜给他递了一双筷子,问他喝不喝酒。李然说:"可以喝点。"

王得胜又给李然斟了大半杯酒。接着,她把一些菜挑好,夹到了一个小碗里递给陈小雨。陈小雨饿坏了,筷子动得很快,当当当地扒出声来。

"你慢点吃啊……"王得胜叮嘱女儿,接着又问,"妈妈做的菜好吃吗?"

"嗯嗯,我好久没吃这么好的菜了。"

"你瞎说什么呢?"王得胜看了眼李然,有些窘态。她随即向李然解释,她是做家政工作的,平常工作很忙,今天难得给她做一顿好的。

"那她平常一个人怎么办?"李然问。

王得胜摸了摸女儿的后脑勺,说:"她很懂事,能自己照顾自己。是吧,小雨?"

陈小雨有点委屈,也不懂跟王得胜打配合,马上就跟李然倒起苦水:"我在家什么也做不了。以前有哥哥陪我,现在哪儿也不能去了。"

"现在你不是学大提琴了吗?有老师教你,你也可以自己在家里练。等你以后学会了，就可以像叔叔一样去给别人表演。"王得胜看了看李然，两人的表情有些微妙，王得胜凑到李然身边，小声对他说，"死人也是人嘛，就是少了口气。对吧？"

李然没回应她，他的目光又不自觉地看向那张照片，那些记忆终究无法让他平静下来。他闷了一口酒，尽力抑制自己恐怖的想象。酒精一起作用，他也不再遮遮掩掩。

"你还有个哥哥是吗，他今天怎么不在？"李然问陈小雨。

话一出，王得胜神色变慌。李然与她对了一眼，就像是一只狼盯住了一只兔，她立刻避开了李然的眼神。

"我哥哥被警察抓走了。"小雨毫无顾忌地回答了李然的问题。

"啊！为什么？"

李然继续追捕着那只兔子，她越害怕，他就越穷追不舍。

王得胜双手搓着围兜，一时间找不到合理的说辞回应这件事。

陈小雨放低了声调，跟李然说出了这个秘密："我哥哥害人了。"

王得胜啪地一下把筷子往桌上一敲："你闭嘴。"陈小雨被吓得身子一耸，她停下筷子，不再作声。

王得胜反应过来自己在李然面前失态了，她又拿起酒杯，在李然的杯子里倒了一些酒，赔罪似的，又含糊其词道："孩子之前犯了一些事情，这个年纪的孩子心智不成熟，我这个当妈的也没教育好。"

孩子不懂事，不成熟，没教育好？如果死的是你的孩子，你能信服吗？王得胜是胆怯也好，自尊也罢，在他面前一文不值。

李然不再盘诘，来日方长，这笔账，李然觉得迟早要跟她算清楚。

"我吃完了，先走了。"

"我送你。"

李然和王得胜走到了屋外，王得胜看了看屋里的女儿，然后把门半掩上。她满是歉意地说："李老师，实在抱歉，今天没招待好你。我看得出来，小雨很喜欢你。不过有些事情，我得跟你说清楚，毕竟你是小雨的老师，我不想瞒着你。小雨的哥哥确实惹了一些麻烦，这个我之前没有跟你说，我怕你知道了就不愿意当她老师了。她哥哥这几年都会关在收容所，已经受罚了，等他出来，我还得好好教训他。这一家我得照顾两个孩子，实在是有心无力。这段时间我一直在反思自己，该如何把孩子教育好，不要让他们走上错误的道路。我已经失去了一个孩子，不能再失去第二个。我希望你能多多担待，不要跟她提她哥哥的事。现在我真的是没有办法了，只能求你，你有什么条件，我都尽量满足。"

李然摆摆手，说自己就是一个授课老师，为挣钱而来，不会管太多事。

他转身往楼下走，路灯亮了，行人三三两两，而他只有影子做伴，他看着影子，内心愈发孤独、悲凉。女儿死了，陈雯也不知去向，这几年来，他没有和家人吃过一顿饭，今天却和仇人共享晚餐。

第九章　虫儿飞

小雨上完第一节课，两只手酸得要命。李然教她怎么拉弓，怎么摆手势，她倒是有耐心，不怕苦，一遍遍练习，总算学了点样子。

晚上，小雨要演给王得胜看，王得胜一边坐着剥毛豆，一边看女儿练习。她想，等自己死了办葬礼，女儿就在葬礼上给自己演奏，说不定她会高兴得跳出棺材。一想到如此怪诞的情景，她甚至有点期待自己的葬礼。

陈小雨歇了会儿，心想，后面的课应该会更难吧。李然曾说，学大提琴不仅需要刻苦练习，还需要一颗坚持到底的心。她觉得李然这个人还不错，表面上冷冰冰的，其实是个温柔的人。只是李然问起了哥哥的事情，让妈妈很生气。李然走后，王得胜警告她，以后不能和任何人谈论宋小彪的事情。她想，妈妈一定是害怕李然和其他人一样，知道哥哥的事情后疏远她们。

王得胜和李然商量第二节课的时间，两人有了分歧，时间凑不到一起，李然提出，可以单独为她女儿授课。王得胜起初不答应，她觉得自己必须在场，这对女儿的人身安全有利。李然说，要是王得胜不信任自己,那他们就取消课程。王得胜心里的天平来回摇摆了几次,她妥协了,毕竟双方都有工作,她不想让女儿半途而废。

周日一早,李然来到王得胜家,王得胜临走前吩咐道:"这些是我准备的午饭,你们上完课后热一下就可以吃。这是小雨房间的钥匙,你走后就把门锁好,不要让她出来,把钥匙放在大门口的那双黑色棉鞋里就可以。"

"为什么要把她锁起来?"李然问。

"这孩子的情况你也看到了,我不放心,都是为了她好。她习惯了。"

王得胜走后,他们开始正式上课。

李然坐在床沿,让陈小雨摆好姿势:"好了,我们开始吧。还记得我上次教你的吗?来,给我复习一下上一节课的内容。"

陈小雨端正坐姿,想象自己在驾驶一艘船,这四根手指就是船员。一个是宋小彪,一个是妈妈,一个是我,还有一个,就是李然吧。窗外吹进来一阵风,船要开始起航了。

小雨刚拉了一会儿,李然就指出了她的错误:"不对不对,你的弓没有和琴弦垂直,再来。"

小雨有点紧张,调整了一下姿势,继续拉弓。

李然更气恼了:"还是不对,你昨天有没有好好练?弓和弦要垂直。我们的桌子、房子,都是和地面垂直的,如果它们不垂直,桌子和房子就会晃。这是练大提琴非常重要的一个步骤。"李然走到小雨身后,抓起她的手,给她调姿势。

陈小雨按照李然的方法继续练习，总算找到了一点窍门。

"好了，我们休息一会儿再练。"对于教孩子练琴，李然似乎也无法保持耐心。从他进门的那一刻起，他的心就乱透了。

李然帮陈小雨把琴拿到一边，小雨脱了鞋子，立马就往床上一躺，双手交叉，垫着自己的后脑勺。李然默不作声观察着她。

"李然，你还在吗？"

"我在。"

"你陪我说会儿话好吗？"

"你想说什么？"

"我想问你一个问题。"

"你问。"

"你有爸爸妈妈吗？"

"没有，我是捡来的。"

"骗人！人是从肚子里生出来的。"

李然认真起来："一个人从哪里来不重要，没什么好问的，这不是我们能选择的事情。"

陈小雨说："李然，我常常想，为什么要把我生出来呢？我认为一个人的出生是不公平的，因为这件事完全没有经过我的同意，对吧？有些孩子一生下来就可以住在大房子里，别人的妈妈都会来照顾他，有些孩子一出生眼睛就看不见，只能被关在一个小小的房间里。"

"你听过《龟兔赛跑》的故事吗？"李然问。

"嗯。"

"乌龟和兔子的奔跑能力是非常悬殊的，但是乌龟却在比赛中赢了兔子。一个人只要肯努力，无论他从什么起点出发，他总是有机会赢的。"

"可是乌龟只赢了兔子一次呀。"小雨说。

"有时候，赢一次就够了。"李然坐到床边，也躺了下来，他跟陈小雨说起了自己的故事，"我小时候也出生在一个不富裕的家庭，家里没钱让我学音乐，但是我很希望有一天自己能成为一个音乐家，因为我不想输给其他孩子。那时候我一到暑假就去我叔叔的粮油店帮忙，赚点钱。在学琴那段时光里，我过得很辛苦，但现在回头想，那是我人生中最快乐的时光。因为那时候我有目标，有憧憬，只要奋不顾身去赢得比赛就好。现在你觉得学琴是一件辛苦的事情，等你长大了再回头看，你会非常怀念这段时光。"

李然发觉自己跟小雨交流时，竟也展现出他少有的真诚。

"那你最后赢了吗？你不是说，赢一次也好？"小雨翻过身，手肘靠着床垫，手掌托着下巴。

李然吁了口气，说："我输了。"

"怎么了？"

"我以为我是那只乌龟，其实我是那只兔子。兔子可以赢很多次，但是只要它输一次，它的人生就彻底输了。所以你看，在《龟兔赛跑》里，兔子永远是输家。"

陈小雨立刻坐了起来，以一种教育性的口气对李然说："别去管别人怎么看，你要做的是去改变自己。"

李然问："谁教你的？"

陈小雨说:"我妈妈。"

李然又问:"你除了想当音乐家,还有什么愿望?"

陈小雨说:"我希望我哥哥能改正错误,得到大家的原谅,等他回来了就去好好上学。"

一提到宋小彪,李然从床上站起来,在房间里来回踱了几步后,说:"每个人都要为自己的行为付出代价,有些代价尚可以还,有些代价一辈子都还不了。小雨,你告诉我,你认识那个被你哥哥害死的女孩吗?"

"嗯,她是一个很可爱的女孩,我在公园里跟她一起玩过。别的孩子都不喜欢跟我玩,还会嘲笑我,只有她不一样,她还会给我扎辫子。对了,她有一只猫,我喜欢那只猫,但是我对猫过敏,摸了猫以后就生了一场大病。我哥哥问我还想跟她玩吗,我当然想,可他说那只猫要是消失了就好了。"

"所以你哥哥杀了那只猫,然后那个女孩发现了他的行为,他就把她也杀了?"李然推测道。与其说推测,更像是认定了宋小彪是杀人凶手。

陈小雨生气了,她把枕头摔到地上:"我哥哥没有杀人,警察已经查过了,他不会害人。"

谈到这儿,两人僵持起来。李然已无法在这间屋子多待一秒钟,一想到女儿的死,他就撕心裂肺,甚至想对陈小雨动手。他觉得自己太危险了,快抑制不住心里的恶念,便决定离开。

"我该走了。"

"可是我们的课还没上完。"

"我有点事，得走了，下次我们再继续上课。"

李然走出屋子，把房门关上，再用钥匙锁上。

陈小雨不停地拍着房门："李然，求求你，带我出去，我不想一个人。我害怕……李然……"

李然心烦意乱，他觉得有时候孩子真可恶至极，他们往往会把一件小事情想得很严重，然后为了掩盖这件小事，用更残酷的手段去解决问题。听着陈小雨的呼喊，他想起女儿也曾在这间房里挣扎。此时，复仇的焰火又在胸腔里烧了起来，他掏出了钥匙，把房门打开，恶狠狠地盯着陈小雨，伸出一只手，悬在半空，作势要劈下去。只见小雨一下扑到了李然的膝盖上，她哭了起来，不停地哭。李然不知道她是为自己而哭，还是和他一样，为那个女孩的死而哭。

李然的膝盖软了，把手放了下来。他现在只想出去走走，喘口气："走，我带你去公园。"

小雨揪住了李然的一根手指。她的手那样小，就像莫妮卡刚出生时用小小的手掌握住他的手指一样。不知为何，他总是能从这个孩子身上看到莫妮卡的影子，这既让他悲伤，又让他动容。

他失魂落魄地牵着她，走着走着，她停了下来。

"我们到了。"小雨凭自己的肌肉记忆加第六感找到了公园的所在点。

李然抬头一看，空荡荡的公园就在他们眼前，风吹动着秋千的铁链，发出一阵阵金属的摩擦声，像催命铃。

"这条路我走了好几百遍啦。"陈小雨走到秋千前，荡起秋千。

先前还哭哭啼啼的,现在又笑了起来。

荡完秋千,她又恳求李然把她抱到那座石象滑梯上。滑梯后面有一个楼梯,李然带着她走了上去,把她抱在身上,一起滑了下去。

"再来一次。"

"再来一次。"

"这是最后一次了。"

"李然,这真的是最后一次了,我保证。"

李然带着她来回滑了好几次,她每次都说是最后一次,然后立刻反悔,再向他做出保证。李然烦透了,指着她说:"你不能总这样子,要么你就一次性说好滑几次,你说十次就十次,一万次就一万次,滑完我们就走,不能再反悔。"

"嗯,这真的是最后一次啦。"陈小雨向他比起了一根小小的食指。

"好,我也再信你最后一次。"于是,李然又带着她爬到了滑梯的最高处。他停了下来。

"怎么不滑了?"她问李然。

"我看到天上有朵云。"

"它是什么样的?"

"来,我抱你起来,你自己看。"

李然抱住她的双腿,把她托了起来。她把两只手张开,让自己的身体在半空中保持平衡。"李然,再高一点好吗?"她对这个危险的举动一点也不害怕,反而有些兴奋。她闭着眼睛,感觉自己轻飘飘的,像只风筝。

李然又将她举高一些,用手托着她的脚踝,她的身体开始不稳。霎时,他心里又冒出恶念,把她从这里扔下去可行?只要他松手,他可以在这里轻易地索走她的命,这样所有的问题都能解决了。

"李然,这朵云是不是很大,很白?"小雨问。

"嗯,很大,很白,像雪一样。"

"风来了,它会不会被吹走?"

"没关系,它走了,还会有下一朵。"

对自我的审判远远难于对他者的审判。李然咬着牙,全身的筋脉像皮筋被拉紧一样。他一直在怂恿自己:我已经没什么可失去了,把她扔下去吧,给女儿报完仇,然后自己也跟着去死,就像那天在满洲里做的一样,我可以逃避所有命运对我的审判。我不欠她们的,我只想得到一个公平的结果。别人从我这里拿走什么,我就从别人手里拿走什么。这不贪婪吧?把她扔下去。扔下去!

"李然,我们做朋友好吗?"陈小雨回头对李然说,露着像云一样洁白的牙齿。

李然看着她,仿佛她就是一朵云,脸上被风捏出了一个笑,捏出一种极其天真烂漫的姿态。

"啊?"

"就是那种可以说真心话的朋友。"

"为什么想和我做朋友?"

"因为你是一个好人啊!"她大声笑了起来,又伸开双臂,"李然，我要飞起来啦——"

李然突然没了力气，全身一软，顺势把她放下，瘫坐着。小雨把下巴靠在李然支起的膝盖上，面向他："喂，李然，你还没回答我的问题。"

"我……我想想，给我点时间。"

陈小雨对他的回答不满意。在孩子眼中，如果你不能给出一个及时的反馈，他们就会不开心，因为他们往往可以在一瞬间就做出一个真诚的决定，他们一点也不能理解一个成年人在一个对孩子而言极其简单的问题上会表现得多么慎重。

李然恨自己。谋杀，他早就设想了无数遍，却没一次付诸行动。他警告自己，不要被孩子天真的面孔欺骗，他们的情感是即兴的，根本没有契约精神，只要稍感厌倦，就会把这种情感像玩具一样丢在一边。

两人就那么坐着，谁也不说话了。李然刚想说点什么，小雨已经靠着他睡着了。她嘟着嘴巴，流着口水，静得像只酣睡的小猫。她的头发很软，被风吹着，在李然的皮肤上跳起了舞。他伸出手，试着抱她，这时手机铃声响了，她也被吵醒了。

"喂，李然，我管方……"

李然听着电话，管方在那头歇斯底里，情绪几近崩溃。挂了电话后，他起身，搂着陈小雨的腰，横着将她抱起，走下滑梯，一路往家里跑。

"李然，你干吗？"

"我有急事，先带你回家。"

第九章 虫儿飞

"我不想回家。"

"由不得你。"

李然没理她,她就跟一只野兔似的扑腾着,他实在控制不住她,只得把她放下。无论他如何劝说,她都不肯再往前走一步。

"你带我一起去,也许我能帮忙。"

"祖宗,你能帮什么忙?给我回去。"李然急不可耐。

"那你自己去吧,我可不回家。"

"祖宗,你能不能听话一点?"

"你都叫我祖宗了,就不能听祖宗一回?你带我去。"

"你怎么这么倔?"李然根本逮不住她,没一点办法,只好妥协,"好好好,今天的事,你不准对任何人说,尤其是你妈。"

"嗯,拉钩。"陈小雨弯起了一个小拇指。

"我才不和你拉钩,小孩的把戏。"

于是,李然又将她抱了起来,两人冲到马路边,拦下一辆出租车。

"我们现在去哪儿?"小雨问。

"去把你卖了,你这种菩萨能卖不少钱。"

陈小雨哼了一声,扭过头:"我才不信。"

李然带着陈小雨来到了医院的住院部,坐电梯上三楼,他一路盯着门号,找到三〇八房,推开门。管方的妻子琴正躺在病床上,眼睛微闭着,脸色蜡黄,一根氧气管塞在鼻孔里。李然好多年没见她了,犹记多年前,她来乐团看演出,那时候的她丰腴,优雅,神采奕奕,如今的她宛如毕加索画作中那些失神而抽象的女人，连五官都让人看不清。

"这孩子是……"管方盯着陈小雨问李然。

"哦，是我学生。"

管方把李然拉到门外，脸皱巴巴的，没一点精神，头发又白了许多。他对李然说："昨天给她做了化疗，折磨得死去活来。今天一早，她自己把胃管拔了，说不想活了。我费了好大的劲才控制住她，打了一支镇静剂。李然，我现在真不知道该怎么办。"

"医生怎么说？"

"要做胰腺切除手术，手术成功的话可以活两三年，不过都得躺着。不做手术……可能就这两个月了。"

李然瞥了一眼琴，她没发出任何声音，但能听见她粗重的呼吸声。他想过，人最绝望的事情不是面对死亡，而是面对死亡时那个毫无还手之力的自己。

管方说，他这些年跟殡仪馆合作了上百场丧礼，见过各种各样的人死去，有些人死得体面，有些人死得煎熬，有的人甚至死无全尸，得拿铁锹从地上铲起来，包在布里，再勒紧。他以为自己已经看淡生死，不就是一个从哪儿来回哪儿去的过程？可当与自己相伴十几年的妻子面临死亡，他开始畏首畏尾，不知所措了。他该如何陪她度过生命中最后的时光？该如何安葬她？又该如何怀念她？这些问题一直困扰着他，让他快要发疯。

李然和管方交谈着，小雨在旁边听，她没有再问一些稀奇古怪的问题，只是静静想着什么。

这时，琴醒过来了，她喊了声："管方，来。"李然和管方一起走到她的床前。看到李然后,琴笑了。"李然……"她轻轻地喊了一声他的名字。

"哎,是我,我看你来了。"

"我好久没见到你了,你现在在哪儿拉琴?"

"我啊?我现在不拉琴了。"

"真的吗?太可惜了。管方一直跟我说,你是他见过的最好的琴手。你应该去拉琴,别把手艺浪费了。"琴咳嗽了起来,管方上前摩挲起她的胸口。

李然说:"各有各的活法嘛,我现在这样也挺好的。"他把小雨拉了过来,向琴介绍:"你看嘛,这是我的学生,她叫陈小雨。"

"她眼睛怎么了?"

"哦,她看不见,是个特别的孩子。今天正好给她上课呢,就把她一块儿带来了。"

小雨走到琴面前,小声向琴打招呼:"你好。"

"你多大了?"琴问她。

"我六岁半了。"

"真好啊,花儿一样的年纪。"

"你生病了吗?"

"嗯。"

"我也生过病,不过最后我都好起来了。你要加油,吃药,你会康复的。"

琴笑了,她把脸转向管方,说:"要是我们也有个女儿该多好。你呀,不能让你闲着,得有个人让你操心。"

管方点头:"都怪我,都怪我……是我腰子不好。"

"瞎说什么,孩子在呢!"琴想打他一下,发现手抬不起来。她接着说,"我睡了一觉,梦见了许多以前的事。"

小雨好奇地问:"你做了什么梦?"

"我梦见了以前你们都在乐团的时候,我去听你们演出。大家都很好,做着自己喜欢的事情。不像现在,你们一个个都没了联络,连面都见不着。那些事好像昨天做过,不远,可一想,真的好多年了。"

李然和管方沉默了,这个梦,他们也做过,醒来后就是一阵刺痛,好不容易麻木了,什么时候这梦又钻出来,反反复复,跟慢性病一样,治不好了。

小雨听后,说:"你这个梦很好实现,等我学会了大提琴,我邀请你来参加我的音乐会。"

琴又笑了,她问小雨:"你会唱歌吗?现在就开始你的音乐会吧。"

小雨倒一点也不怯场,她清了清嗓子,唱起了一首《虫儿飞》。

"天上的星星流泪,地上的玫瑰枯萎,虫儿飞,虫儿飞,你在思念谁……"

她的音色非常干净,有一种空灵感,像竹林深处未融的雨滴,像荷叶上漾着晶莹的露。她的嗓音就是一件乐器,无需调拨,自带绝对音感,自然纯粹。

李然没想到,一直啰啰唆唆比鸭子还吵的陈小雨,竟有如此动听的歌喉。他一时间也被迷住了。

听完后,琴发自内心欢喜。她就那样着迷地注视她,感受她蓬勃的生命力。"李然,我为你高兴,她是个有天赋的孩子。说不定以后,我真的可以去参加你们的音乐会。"

"嗯,有机会,一定有机会。"

李然跟管方告别,带着小雨离开住院部大楼。师徒俩反倒没了忧愁,就拉着手走。陈小雨蹦蹦跳跳,停不下来。为了奖励她,李然在医院门口给她买了一支棉花糖,陈小雨吃棉花糖,糊得满脸都是,把李然逗得不行。

"李然,你笑了。"

李然又做严肃状:"我没有。"

"我看到你笑了。"

"是吗?"

"不要以为我什么都看不见哦。这是我认识你以来,第一次看到你笑。"

"喂,别太得意了。"

这时候,小雨突然停下来,她向李然提了一个要求:"李然,我可以摸一下你的脸吗?"

"什么?"

"我想摸一下你的脸。"

李然犹豫一会儿,半蹲下身子,把脸靠近她。她伸出沾满糖丝的手,在他脸上轻轻地摩挲,"一个鼻子一张嘴,两只眼睛四条腿……扑通扑通跳下水。"念到这,陈小雨笑了起来。

"什么四条腿?我又不是蛤蟆。哎哎哎,你摸就摸,不要把手指插到我的鼻孔里啊!"

陈小雨记住了李然的模样,她在心里看见了他,清清楚楚,和王得胜与宋小彪一样,她从此再也忘不了这个人了。

他们坐上出租车,两人靠着,都不说话。收音机里放着一首歌,是一首日文歌曲,《今晚月色真好》:

太阳下山了,影子也藏起来不见了
路边的灯光照在马路上,影子又出来了
我们坐在一间门可罗雀的小店的角落
窗外的烛光,晃晃悠悠的
今夜真不想回家呀,哪怕只有今夜
好想忘掉一切烦恼,就这样安安静静地沉睡
月儿晚上好,虽然我看不见你的脸庞
但只要一想起和你的回忆,眼泪就猝不及防地掉落了下来
现在,我无处可去
我无法再回到你身边了
你真的离我好远好远呀

"李然,那个阿姨会死吗?"陈小雨突然开口问道。

"为什么问这个?"

"我听到你们讲话了,你们说她得了很严重的病。她会死吗?"她又问了一次。

"我们每个人都会死,谁也躲不掉。"

"死亡是种什么感觉？"

"人死了，就是这个世界上再没有她了。就算人们还记得她，还想念她，也没办法跟她说话了。"

"你害怕死吗？"

小雨的话又让李然把记忆拉回了满洲里那个湿冷的房间，他甚至能听见血液从动脉中一点点流到地板的声音，一种刺骨的冰冷穿越时空，袭入他的身体。

李然告诉她："我曾经经历过一次死亡，人在死亡之前会看到自己的一生，当你对自己的人生心满意足，你就可以坦然离开这个世界。当你心里还有遗憾，你就会害怕。"

"那你为什么没有死？"

"我信命，我在人间有心愿未了，阎王不收我。"

"那你听见那个阿姨说的吗？她说她想听一场音乐会。"

"然后呢？"

"如果她将要死去，你们是不是可以满足她这个愿望？当她没有遗憾，就可以心满意足地离开。"

有时候，李然真觉得她不像一个孩子。其实孩子也可以给成人一些启发，用他们的视角去看，一些错综复杂的问题或许可以变得简单起来。

困扰人的从来不是问题本身，而是那个看待问题的自我。

车行驶着，路边的灯光打在她的脸上，他看了看她，她就在身边。在这一方只属于他们的小小天地里，谁也不用驯服谁。

此时此刻，他真希望这条路永无止境。

第十章　冰柜

中秋，吴德彪单位发了六只蟹，三只公，三只母，公的三两，母的四两。回了家，他挑出三只母蟹，把蟹翻个面放进蒸笼里，切两片姜，一段葱，放在蟹肚子上，开火，蒸十五分钟。中秋吃蟹，是宁市的饮食传统，他嗦蟹脚，老婆吃蟹身，女儿吃蟹黄，分工明确，蟹不蘸醋，直接拌饭里，一套流程下来，蟹被吃得干干净净。

吃完蟹，吴月婵坐在书桌前，伏案疾书。社里今天开了会，要做个选题，旨在弘扬民族传统文化。中国自古以来就重视家庭，很多节日讲究团聚，中秋、春节与亲人团聚，清明、冬至跟逝者团聚。她把选题一细分，有了主意，不如采访采访宁市的外来务工者，探究一下这群远离故土的人如何过中秋。

吴月婵把这个主意说给父亲听，吴德彪说可行，宁市有二百万外来务工者，他们中秋多半不放假，也不回老家，他们怎么过节确实值得好好探究。吴德彪夸女儿是个做新闻的料，有生活观，大局观，使命感，也有些人情味在身上，像自己。他跟女儿说自己做了几十年警察，升不到局长，就是因为太有人情味。上回在商场抓了一个小偷，小偷偷了两包进口奶粉，被拘留了半个月。一打听发现对方家里孩子没奶粉吃，他在单位组织给嫌犯买了一箱奶粉。过了小半年，那人又因为偷奶粉被抓到局里。

吴月婵说，有时候人不得不相信命运，有的人在命运中乘风破浪，有的人在命运中连滚带爬。像写好的剧本似的，你演警察，他演小偷，互不越界，这是命运的秩序。你的执法权再大，也大不过命运的执法权。接着，吴月婵想到了什么，跟吴德彪说她要采访一个人。吴德彪问是谁。

"王得胜。"

吴德彪一下恼了，兜来兜去，她还没放下王得胜。他对着吴月婵就是一通教育，说她这人一根筋，揪着王得胜不放，借着工作查案，是以权谋私。吴月婵说自己无权无私，只是个小兵小厮，谁规定不能采访王得胜，你们警局规定的吗？

吴德彪要走，吴月婵叫住他："爸，借你那三只蟹用一下。"

"干吗？"

"明天给王得胜送去。"

吴德彪一个白眼："你还没明白我说的意思。你就折腾去吧，你爸我连蟹脚都吃不上了。"他关上门，去了警局。

次日，吴月婵拎着三只公蟹去金城花园，蟹还是活的，戳一戳眼睛还能动。

她走到王得胜住的那栋楼，上楼，正好碰到王得胜在门口炖东西。吴月婵不请自来，让王得胜有些意外。她走到王得胜面前："给。"王得胜没反应过来，吴月婵把螃蟹往阳台的盥洗池上一放：

"中秋了,我给你们带了蟹,祝你们中秋快乐。"

"我们不吃蟹,吃起来麻烦!"王得胜一副冷若冰霜的表情。

"有什么麻烦的?吃蟹就是要慢慢品,一只蟹脚都不能放过。"

王得胜不想与吴月婵多理论,便收下蟹。"谢谢,晚上我给孩子蒸,你今天来找我什么事?"

"哦,你别误会,我不会为了那事,都过去了。我来啊,是有个采访,想了解了解你们是怎么过中秋的。后续写个报道,你别担心,不会用真名。"

王得胜强调:"吴记者,我们不过中秋,就跟往常一样。"

"往常是什么样的?"

"平头老百姓,不是这样,就是那样,还能什么样?"

"孩子呢?"

"在里屋练琴。"

"练什么琴?"

"大提琴。"

吴月婵的好奇心一下被吊起来了,这王得胜生活困苦,怎么想着要让孩子练琴?一个记者的职业嗅觉,让她闻到了好素材。

"我找了个老师,价格便宜,在我原来的单位上班,人挺好。孩子对音乐也有兴趣,就先学着,以后也许能谋个出路。"王得胜这样解释,合情合理。

"挺好,学艺术好,也许孩子能成才,以后你少操心。"

王得胜用筷子在肉上戳了戳,不够软,得再炖一会儿。吴月婵就看着她,也不问什么,王得胜不好意思赶她,毕竟收了三只蟹,便客气道:"要不吃碗面再走?"

"好嘞!"吴月婵一点不客气。

王得胜走到廊道上的隔壁屋,推开门,这间屋是空的,没人租,门锁是坏的,上一期租户在里面留了一个冰柜没有搬走。王得胜想起来自己有一袋虾冰在里面,就把虾拿出来,解冻,去壳,切块,放进油锅里炒,加辣酱和小米椒,烟一冒出来,呛得吴月婵直咳嗽。

"王姐,你这做什么呢?"

"辣虾面,这酱是我自己调的,待会儿下面条,我们简单吃点。"

"好,我还没吃过这种面。"

面熟了,王得胜把面捞起来,匀到四只碗里,三大一小,把浇头一倒,好了。

吴月婵问:"这还有只碗是谁的?"

王得胜回道:"今天老师也在,屋里教琴呢。"

吴月婵和王得胜一人端着两碗面进了屋,吴月婵烫得手一抖,面碗差点掉地上。王得胜的手茧厚,不怕烫,她让吴月婵去冲下凉水,自己则进屋叫李然和陈小雨出来吃面。小雨没出来,一小段节奏她怎么也掌握不好,李然骂了她,让她接着拉,拉不好不准吃饭。小雨鼓着腮帮,听从安排。

吴月婵第一次见到李然,一个看上去有点神秘感的大提琴老师,锁着眉头,与王得胜也不熟络。

王得胜做起介绍:"这是李然,小雨的音乐老师。"吴月婵与李然握手,三人坐下,拿起筷子拌面,面条热气腾腾,又香又辣。

吴月婵很少吃辣，嘴巴又挑，这碗面却很对胃口，直夸王得胜手艺好，治好了她的皇帝舌。

吴月婵时不时看李然，这人默不作声，自顾自吃面，像一尊五蕴皆空的佛陀。再看看王得胜，神情漠然，也自顾自吃面，像尊六根清净的菩萨。而自己的小心思没停过，像个无法安心吃斋念佛的小尼姑。

吴月婵改不了自己话多好奇心重的毛病，她问道："小雨老师，中秋节不跟家人团聚吗？"

李然现在唯一的家人就是他父亲，两人关系疏远，没个电话。他想了下，回道："我家人不在这儿，今天单位放假，没什么事，就过来教琴。"

吴月婵又把脸转向王得胜："得胜姐，中秋节你丈夫不回家吗？"

一提宋山明，王得胜的脸更冷了，被打了霜似的。她说："我不知道他去哪儿了，可能死外面了。"

"一直以来没消息吗？是失踪了吗？怎么不报警？我爸是警队的，可以帮上忙。"吴月婵突然对王得胜的丈夫起了好奇心，她隐约觉得背后一定有什么隐情，也许找到宋山明，就能拨开一些迷雾，让她更接近真相。

一提宋山明，王得胜把筷子一放，难掩心中怒气："我把他找回来干吗？来折腾我吗？他把我们害得还不够惨吗？他儿子进去了，都是我在收拾残局，我希望他死了，永远不要再出现。"说完，王得胜又拿起筷子。

吴月婵意识到自己踩了王得胜的雷区，但作为一个搜集情报的战士，就得勇于闯入雷区。她又问王得胜："我知道你是二婚，你怎么想着嫁给他呢？"

王得胜说："我就想带着我女儿有个着落，他说他会照顾我们，他是本地人，家里有钱，有地，有房……他有个屁！"

吴月婵附和道："这男的也真是的，家里出了那么大事，也不露面，把责任全推给你。他儿子恨他吗？"

王得胜见李然也在场，索性就表明自己的态度。她说："有这么个爹，怎么不恨？刚结婚我就把这孩子带来了，他们家容不下他们父子俩。孩子的脾气是不好，一开始总叫我'王得胜''王得胜'的，后来才叫我妈。别人都说他们父子很像，但我心里清楚，这孩子不坏，他犯了错，会受罚，但我会等他，他有得救，我不会让他变成跟宋山明一样的人。"

李然就听着她们说话，放慢吃面的速度，他能觉察到吴月婵在套王得胜的话，同时，他也在收集信息。

吴月婵说："女人啊，就别想着靠男人。我看过一个女作家的文章，她在文章中谈到当今社会女性的处境，尤其是在父权、男权社会中，女性往往面临着很多困境，而自身诉求往往无法得到有效保障。女性要有独立精神，有自己的觉察力、思辨力，有学习进取之心，有劳动创造之力，不必依附任何人，不必完全依附婚姻。我相信在未来，女性的力量是可以改变社会以及家庭环境的。"

王得胜说："吴记者，你说得很好，我没文化，但听懂了，简而言之，就是别被男人骗，靠自己呗，对吧？我当时要是有这个觉悟，我也不会嫁给宋山明，今天也不会落得这个下场。"

吴月婵说："我觉得你挺不容易的，一个女人拉扯两个孩子。我先前采访过那个受害者的母亲，她也是个单亲妈妈，丈夫也失踪了，五年来没跟孩子见过面，他要是知道女儿被害了，不知道会不会忏悔。"

李然僵住了。吴月婵怎么也不会想到，她说的这个"人渣"，就坐在她对面。

王得胜盯了吴月婵一眼，吴月婵立刻意识到自己用错词了，亏自己还是个文字工作者。王得胜没好气地说："吴记者，我再说一遍，那个孩子没有被害，那是意外，你父亲是警察，你可以看到所有证据的。"

"对不起对不起，我说错了，是的，已经结案了，是意外，不可否认。"吴月婵连忙道歉，"得胜姐，我很同情你的遭遇，你也是受害者。"

王得胜不傻，她不是吴月婵想象的那种无知妇女，吴月婵心里拨什么算盘，她一清二楚，问来问去，无非就是想查案。一个记者，干警察的活儿，死不撒手，一直想从她屁股后面摸出什么狐狸尾巴。

王得胜索性跟吴月婵摊牌："吴记者，你到底想知道什么？索性一次性问清楚，今天这顿饭，是咱们最后一顿，以后你不要来找我，咱们的命不同，走的不是一条道，过的不是一座桥。吃完面，咱们一别两宽，互不打扰。"

第十章 冰柜 109

王得胜话说这份上了，吴月婵碗里的面都坨了，索性也不遮掩，她放下筷子，说道："我发现警察忽略了一个细节，就是那只猫，女孩是带着猫来你家的，女孩死了，猫也不见了。受害者母亲找遍整个小区，都没有找到猫，而在宋小彪的供述中，他也不清楚猫去哪里了。一般猫走丢后，不会跑太远，就会在附近蹲着，那只猫熟悉这片小区的环境，但没人发现那只猫，这真的很奇怪。"

王得胜的眼神有那么一秒钟的失焦："吴记者，一只猫能说明什么？"她碗里的面已经吃完，仍拿起辣酱瓶，往碗里扒了一点碎椒。这个动作非常多余，似乎是她不知所措之下刻意做出的反应。

吴月婵和李然都察觉到王得胜的反常，一提那只猫，她的紧张是掩藏不了的。那只猫看似无关紧要，但可能就是案情的关键。

"猫去哪儿了，你知道吗？"吴月婵盯着王得胜的眼神走向，似乎想透过那双黑色的瞳仁摸索至她心里纵横交错的迷宫。

"我怎么知道猫去哪儿了？你可以去找找，现在不是都有监控吗？又不是猫妖，飞不走的。"

"你真的不知道吗？"吴月婵继续追问。李然也等着王得胜的回答。

"我不知道——"王得胜的声音明显更大了，不像是回答，而是警告，她要结束对话，其他无可奉告。

"好，打扰了。"吴月婵站起身，准备走，刚走到门口，又回过头观察王得胜，王得胜没目送她。

吴月婵离开后，陈小雨从房间里走出来，她搬了把椅子坐上去,摸着肚子说:"妈妈,我想吃面。"

"你琴练好了吗?"王得胜问。

陈小雨怨叹了一声,说:"这一段太难了。"

王得胜把筷子啪地一摔,两支筷子在地上跳开,把陈小雨吓得一哆嗦。"没练好吃什么面?快滚回去。"

陈小雨哭着回到房间,又拉起大提琴。

李然始终默不作声,他认定王得胜有问题,女儿的死一定与她有关,她马上要藏不住了。

吴月婵离开小区后,驱车去了宋小彪的奶奶家,到了地点后才发现,她曾经来这儿吃过面,这家面馆叫"烂二牛肉面",几十年老字号了,尤其是牛杂面,在宁市挺出名,面馆在大榭岛上,过一座三公里的跨海大桥就到。岛上曾经有许多居民,后因拆迁工程,居民拿了拆迁款都去市区买房子了。现如今,岛上开了好几家木质玩具厂,一部分货供给宜家,大多生产玩具火车轨道,又内销,又出口。岛上一半是外来务工者,这些务工者来自天南海北,四川人居多,都爱吃辣,所以岛上川菜馆多了,牛杂面便没以前红火了。有些老居民若惦记起这锅牛杂,还会驱车回来,吃个情怀。原本店里八张桌子不够坐,可今天吴月婵来的时候,正好是晚饭点,店里却只有两张桌子有客人,有几张桌子摆在了门外,靠河,附近的邻居在这儿纳凉,打牌,茶水自带,也不消费。

吴月婵点了一碗面,烧面的已经不是男孩的奶奶宋玉梅,而是宋玉梅的大儿子宋开明,也就是宋小彪的大伯。宋玉梅年事已高,得了病，活不了多久了，目前在市区医院住院，大儿媳看着。这都是吴月婵听街坊邻居说的，跟他们打了几圈牌，吴月婵得了不少消息，尤其提到宋山明这人，邻居们话匣子就打开了。在他们的描述中，宋山明是个"徐头恩子"（傻帽），欠了不少钱，宋玉梅面条从两元卖到十五元，攒了几十年的家底全被他败光了，债也欠了不少，债主从宁市排到上海，他没胆子回来了。面馆是由民房改造的，一楼做生意，二楼自住，还有一个院子，现在这房子都归大哥宋开明所有，老太太的养老也归他负责，宋小彪原来住这儿，因两兄弟经济纠纷，他也被赶了出去，好多年没看到了。

"那宋小彪是个什么样的孩子呢？"吴月婵问。

"龙生龙，凤生凤，老鼠儿子会打洞。"一个邻居这样说，出于对宋山明的鄙视，这儿子自然不会在他们心里留下好印象，但要说宋小彪做过什么坏事，他也说不上个一二三四五。"肯定不是个好坯子喽。"他一笔带过。

趁店里没有食客，宋开明闲下来后，吴月婵与宋开明攀谈起来，试着打听宋山明的下落。宋开明防备心强，他觉得这女人多半又是宋山明的债主，便立即与兄弟划清界限："我们兄弟俩已经断绝关系，我也不知道他在哪里。他要是欠你钱，你自己报警，别来我这儿。"

吴月婵说："宋大哥，别误会，我不是债主，也不找你麻烦。你侄子宋小彪的事情你知道吗？"

宋开明抽起烟，一脸无所谓。"知道，都上新闻了，全国人民哪个不知道？跟他爸一个德行，没得救了。"

"他这几年一直跟你弟媳妇王得胜住在一起,你们家没管过他们吗?"

"我说了,我跟宋山明断绝关系了,宋小彪也不是我侄子,王得胜也不是我弟媳妇。他们的事发生后,我们家都遭人闲话,要知道我们宋家在这里一直是有声望的。你看我现在生意这么差,都是这对父子害的。家门不幸,天上落灾星,我不想再提他们,一提就来气,我老妈都要归西了。"说完,宋开明摆摆手,示意吴月婵快走,他什么都不想说,提醒吴月婵面钱记得结清,扫码现金自己选。

吴月婵付完钱,离开面馆,今天虽没得到具体线索,却似乎越来越接近真相了。

吴月婵和李然离开后,王得胜一个人在阳台坐着,她意识到自己露了点马脚,越想人越慌。

她往阳台外一看,一个戴帽子的人盯了她一眼,又匆匆走了。这个神秘人从事情发生到现在,一直跟踪她,让她不敢轻举妄动。只要稍有闪失,她的秘密就会被发现,她现在还不能冒险把"东西"转移出去。

她走到隔壁那间出租房,打开冰柜,把冷货翻开,那只猫还冻着,裹在几十层塑料袋中,压在最底下。

第十章 冰柜

第十一章　欢乐颂

　　李然一个人沿着小路走着，他感觉命运如一条条细细的丝线，控制着他身体的一举一动，让他活生生演成了一出木偶戏。他想起童年时期看过的一场露天电影，叫《绿野仙踪》，没有智慧的稻草人，没有心脏的铁皮人，没有勇气的狮子，如今，这些木偶人都是他的缩影，他在这片绿野中迷路了，怎么也无法从迷宫里走出来。

　　他走到某个路口，停下，眼前浮现出陈小雨抚摸他脸孔的场景，他脸孔还有些许她用手指抚摸后留下的触觉，那种感觉越是温柔，就越让他感到刺痛。

　　晃悠了一阵后，他回了家，用钥匙打开门，房间里空荡荡的。接着，他打开电视，让电视的声音尽可能大些，频道里正在播放卓别林的《寻子遇仙记》。他坐在沙发上听着电视节目，失神，不知道做些什么才能缓解孤独。一来，他找不到能陪自己说话的人，再者，他好像也找不到任何能让自己感觉快乐的消遣方式。

　　锁在这间屋子里的时间是漫长的，某种直觉时刻提醒着他，不要存在任何侥幸能躲过审判的心理。在这样的氛围下，他又开始焦虑起来，尤其是回想起今日吴月婵和王得胜的对话，他隐隐约约觉得，王得胜极有可能在这场命案中扮演了一个恶角，只不过他还没能找到确凿的证据。也许那天他就应该把陈小雨推下去，随之产生的连锁反应会让一切真相浮出水面。他不信基督教那套活着忏悔、死了审判的说法，也不信佛教那套今生作孽、来世偿还的轮回报应。人就应该在人间受刑。

他认为自己就是一只四处嗅探却又徒劳无获的动物，总在一件事情尘埃落定后，不停地幻想另一种结果。就算一切推倒重演，他依然不会对结果满意。其实人对抗的不全是那个随即产生又让你后悔的决定，最应对抗的是那个本质上就会让所有事情不尽如人意的自我。

他看了会儿《白鲸》，把书合上，关了灯躺在沙发上睡下。那晚他梦见了那头鲸，从海面跃起，在它庞大的身躯下，他是如此摇晃，懦弱，又不堪一击。

醒来后，他意识到这场追捕远没有结束，他必须对敌人更加凶狠才行。

王得胜自始至终都没敢把猫转移出去，她怕那个跟踪者发现她的行径，这样一来，她便前功尽弃。她照常生活，照常工作，照常伪装。这天她为孩子准备晚餐，女儿搬了一张小凳子坐在她旁边。

陈小雨问正在洗芹菜的王得胜："妈妈，你有没有特别想做的事情？"

第十一章 欢乐颂

"干吗突然问这个？"王得胜把芹菜装进篮子里，交给女儿，"来，帮妈妈把叶子择了。"

陈小雨择起了芹菜叶，"我就是想知道，妈妈以后想成为一个什么样的人。"

王得胜想了想，说："我也不想做多么了不起的人。妈妈呀，只想做个平平凡凡的女人，这就够了。"

陈小雨对妈妈的回答有些失望，她记得李然说，每个人心中都应该有梦想，哪怕她只有六岁，也有自己的梦想。为什么到了妈妈这里，就只是想做个平凡的女人呢？

"你就不想变成一个有钱人，或者成为一个让别人尊敬的人吗？"陈小雨继续追问。

王得胜将肉从砂锅里捞起来，装到搪瓷碗里。她仍旧否认，的确没什么好追求的，把自己搞得筋疲力尽又如何？换得的只剩徒劳。她说："妈妈是个怕麻烦的人，而且很多事情都不切实际，想那么多也没有用。妈妈一不偷，二不抢，不给社会添麻烦，这样就挺好的。"

"妈妈你真没意思！你说自己想当个平凡的人，平凡就挺好的，那又为什么让我去学大提琴，以后做个音乐家呢？"

王得胜回答："妈妈是个没天分的人，只会做饭洗衣服。但是你不一样，你有学音乐的天分，而且未来的路还很长。一颗小小的种子，只要经过长年累月的浇灌，它总有一天会成为参天大树。好了，你可以闭嘴了。"

陈小雨不吃这套，都是些哄孩子的招数，她心里门儿清！她想，妈妈不是一个没梦想的人，因为她把她的人生都分给了我。从我出生开始，她就没有放弃我。很多大人在遇到麻烦后，总会想尽办法满世界地去找人负责，直到消除身上的压力才善罢甘休，但是妈妈不一样，她完完全全接受我，也接受了自己的命运。也许她说想当一个平凡的人，就是为了有一天，这个世界也能像她接受我一样接受她。

王得胜炒完菜，母女俩一声不吭地吃菜，听着桌上的收音机。此时门外闹出些动静，这样的事情以前也经常发生，王得胜都说那是老鼠在捣蛋。小雨不傻，哪有这么大的老鼠？王得胜往往会命令她继续吃饭，什么也不要管，就让"老鼠"在外面闹，过一会就走了。

这次，王得胜忍无可忍了，她放下筷子，走出去把门拉开。

门外的陌生人戴着鸭舌帽，手里拿着一支喷漆枪。撞见王得胜，他错愕了一下，又视若无睹地往王得胜家门口喷字。王得胜认出了他，就是这人经常在跟踪自己，她不知晓他的身份，也不知道他的目的，她曾把他视为一个鬼魂，以啃噬自己的恐惧为生。当她跟他面对了面，眼对了眼，他不过是一个与自己并无二致的普通人。

"你马上给我停下来——"王得胜伸出手要去推他。

那人躲了一下，没搭理王得胜，继续喷字。

"我最后再警告你一次，请你离开，不然我就报警了。"

"你报警吧，我倒要看看警察会帮我，还是帮杀人犯。"说完，他晃了晃喷漆枪，把字写得更大。

第十一章　欢乐颂

陈小雨在屋里又听到了"杀人犯"这个词，她最害怕别人喊她们杀人犯，每次跟王得胜去外面散步，只要一听别人对她们说这样的话，她们就会马上躲回家，过好一阵子心情才能平复下来。

那人说完后，王得胜折回屋里，拿出一个脸盆，打开水龙头，给脸盆蓄满水，走到那人面前，把一大盆水都泼到他身上。

他被泼了一身，瞪大眼睛，疾声厉色道："你神经病吧，你把我弄成什么样了？"

王得胜以一种更凶戾的口气回道："这里是我家门口，门口脏了，我有权往外泼水，你要是不想被泼，就离开这里。"

接着，王得胜拿着空盆继续装水，一副要死磕到底的气势。陈小雨也走了出来，挺着胸，手里拿着一把宝剑，准备戳人。那人碰了一大一小两颗钉子，于是悻悻然离开。

王得胜带着女儿回到屋内，母女俩忍不住笑起来，这次真的太解气了。小雨问王得胜他下次再来怎么办，王得胜说，他要是下次还敢再来，咱们母女就把他耳朵咬下来。陈小雨张开嘴，咬了咬牙齿，咔咔两声。

吃完饭，王得胜从床底下拿出了一桶白漆，她开始刷门口的字。有的字写得太高，王得胜刷不到，于是她让小雨拿起刷子，骑在她脖子上，王得胜给她指方向，她来刷。

"再往左边一些，再左边一点，对，就是那里……"

母女俩默契十足，终于把墙全部刷白了，两人击了一个掌，手里都是白印子。

李然在久久殡仪馆工作了一个月，乐队始终没有组成，管方也一直忙于妻子的病情，无暇工作。李然多数时间就在那儿演奏，曲目悲怆感十足。殡仪馆经理听了乐声，时常潸然泪下，他对李然说："你天生就是干这行的料。"李然心里十分无奈，如今这份工作反倒像是副业，给陈小雨上课倒成了主业。说好要报复她们，却反倒成了一个看护。再这样下去，他迟早精神崩溃，他必须做点什么，否则怎么对得起九泉之下的女儿？

这日，他前去给陈小雨上课，陈小雨兴奋地告诉他，她和她妈妈是如何把一个在门口乱写字的坏蛋赶走的，还比了一个武术招式，一副女侠风范。李然心思全不在这儿，一看到她的眼睛，他就躲躲闪闪，目光不定。她实在太像自己女儿了。他提醒陈小雨好好上课，别议论与课程无关的事情。

陈小雨拉起一段 F 调的《欢乐颂》，声音仍吱吱扭扭。李然侧耳，闭眼，在脑海里演奏起《贝多芬第九交响乐》，《欢乐颂》则是终曲乐章。

小雨很喜欢《欢乐颂》，总是反反复复练习。李然问她从曲子里听到了什么，小雨说她听到了阳光，阳光下所有人幸福地在一起。李然觉得不可思议，她不仅听见了贝多芬，似乎也听见了席勒，《欢乐颂》本是席勒的一首诗作，贝多芬几乎花了大半生的时间酝酿，为它谱写了这首气势磅礴的乐章。在苦难中挣扎的人们得到了拯救，如同被宽恕后得到了喜乐。

小雨又说："在阳光里，有妈妈，有我，有你，还有宋小彪。"

李然停下演奏，脑海中传来一阵琴弦绷断后的嗡鸣声，刺破了他的耳膜。

此时此刻,他拒绝圣母的庇佑,拒绝与万事万物欢乐颂歌。他草草结束了今天的课程。小雨恳求李然再带她去公园,李然也拒绝了。小雨问李然是不是有什么心事,李然闭口不谈,他告诉小雨,那天带她出门只是例外,以后不可能再有。接着,李然将她锁在房门内,任凭她怎么叫喊都无动于衷。

李然准备离开,他看见有人在楼道口盯着他看,然后又迅疾将自己藏匿起来。李然认出了他,他就是小雨口中那个被王得胜泼了一身水的人,今日大概是来寻仇的。

他假装自己没发现他,锁上门后把钥匙塞进鞋里,让对方看清楚放钥匙的位置。他不想再装什么慈悲,那是佛祖要做的事,他早就认清自己不是个狠角色,只会自己对自己虚张声势。今生做人做鬼,来世做牛做马,他都无所谓了,他必须得下一步棋,哪怕是一着臭棋。

李然自顾自回了家,一进门就躺地上,想着那屋子里即将会发生的事情。他既期望那人能干一些杀人放火的勾当,又对这招"借刀杀人"感到羞耻至极。

李然走后,陈小雨一个人在房里练了一会儿琴,嘴里骂李然是癞皮狗。突然间,她听到外屋的门开了,有人走进家里。

她扶着卧室门,朝门外问了声:"是李然吗?"

对方没回应,只听见那个人在家里翻箱倒柜。这把陈小雨吓坏了,她跑回床上,蜷缩在床角。门外桌子被推倒,杯子也被打碎了。她捂住了耳朵。

那人走到卧室门口,把钥匙插进门锁,打开卧室门,就在门口盯着她看。陈小雨的十根脚指头夹紧了床单。

"李然,是你吗?"

他不回应,只走进房间,粗鲁地翻动着房间的东西,把陈小雨装金鱼的盆也摔了,咣当一声,吓得陈小雨大哭起来。她真怕他会把自己杀了。

他没有伤害陈小雨,没多久他就关上门走了。

陈小雨不敢下床,就缩着,憋着尿,等着王得胜回家。她听见金鱼在地上乱跳,它快要窒息了,她好像也快无法呼吸。渐渐地,金鱼停止跳动。

王得胜回到家时,家里已被翻得乱七八糟,她扔下包冲进女儿房间,紧紧搂着惊魂未定的女儿。小雨的身体不停发抖,面色呆滞,喘着大气,无论王得胜问她什么,她都结结巴巴说不上来,跟魂被勾了似的。

"别害怕,别害怕——妈妈在,妈妈保护你。"王得胜把女儿捂进自己的胸口。待女儿稍微缓过来点后,她打电话报了警,警车随后到了小区。

几个警察走进王得胜家里,四处看了一下,拍照取证。等小雨情绪安定一些后,一个女警来到小雨房间问她:"你知道是谁进来了吗?"

陈小雨摇摇头。

女警又问:"你听到他的声音了吗?"

她还是摇头。

第十一章 欢乐颂

警察问了各种问题，她全都回答不上来。她心里闪过一个念头，会不会是李然做的？除了妈妈，只有他能进家门。小雨一想到他，就更恐慌了，她想起宋小彪以前跟她说过一个双面国的故事，双面国的人都有两张脸，一张脸会对人笑，另外一张脸会对人使坏，难道李然是从双面国来的吗？不，不会是他，虽然他今天的行为很古怪，但是他绝对不会做出这样的事情。

警察问王得胜有没有怀疑对象，王得胜说出了李然的名字，把李然的电话给了警察。

警察做完笔录后归队了，说有消息给她回电话。

王得胜开始收拾家里的东西，她捡起地上的一个搪瓷碗，刚要放回去，一股气冲上脑门，她不受控制地把搪瓷碗摔到地上，接着又给了自己两嘴巴。她焦虑着，愤怒且自责，后悔把钥匙交给一个外人，万一女儿有个三长两短，自己就是下油锅也炸不干净自己的罪。

陈小雨就靠在门框边，她对王得胜说："妈妈，不会是李然的，你相信我。"

王得胜看了眼女儿，女儿跟一只猫刚从水里捞起来一样。"妈妈也想相信他，但我们必须得等警察的调查结果出来后才能下定论。"

小雨又问王得胜："万一是李然做的怎么办？"

王得胜回答："如果真的是他做的，我不会放过他。"

"可是李然是我的老师。"

"老师怎么了？知人知面不知心，老师里也有很多禽兽。"

"什么是禽兽？"

"禽兽就是披着人皮不干人事的人。"

"宋小彪爸爸是禽兽吗？"

"他还不如禽兽。"王得胜说，"你别提这个人了，他又不是你爸。你进屋听会儿广播，我把家里收拾一下，快进去。"

陈小雨快快地进了屋，抱着一台收音机钻进被子，打开调频。最近这段时间，她迷上了武侠小说，心理特别逆反，觉得打架比讲道理有用。

当晚，李然接到了派出所的电话，通知他去所里接受调查。李然把当天上课的情况以及与王得胜家的雇佣关系详细交代了一遍，毫无破绽。警局另一支队伍去查了监控，自从上次小区发生命案后，楼栋附近就装满了摄像头。调出监控录像后，犯罪嫌疑人很快便落网了。

抓到人后，警察电话通知王得胜调查结果已经出来，让她去警察局一趟。王得胜赶到警局，与李然一同在审讯室里，嫌疑人也坐在审讯室里接受盘问。王得胜认得他，就是那个一直以来跟踪骚扰她的人。

吴德彪执勤完回到队里，他见到王得胜后，跟老朋友见面似的寒暄了两句。当他从同事那儿了解情况后，便也进了审讯室。

"你是怎么闯到她家里去的？"吴德彪问嫌疑人。

"我不是都交代过了？"嫌犯说道。

"那就再交代一遍。"吴德彪用指关节叩了叩桌板。

嫌犯戴着手铐，用手指了指李然，说："我看见他把钥匙放进

第十一章 欢乐颂　123

鞋里，我拿钥匙开的门。"

吴德彪又问："从受害人家属那边了解到，你经常在她家门口乱写一些东西？"

"是，是我干的，我不否认。"

"你这么做的目的是什么？"

他轻蔑一笑："我就是为了惩罚她们。你应该不会不知道两个月前，那间屋子里发生的命案吧？他们杀了一个七岁的女孩。"

"他们？这件案子的调查结果早就出来了，我负责的，是意外，那个男孩已经被羁押了。"

"警官，你信吗？家里死了一个女孩，多少有点痕迹吧，这些痕迹是怎么处理干净的？都是宋小彪自己做的吗？他可是有智力障碍的，你们警察都不查清楚吗？很明显有人在协助犯案，这个女人就是帮凶。"嫌犯看向王得胜。

吴德彪喝了一口保温杯里的水："现在是法治社会，凡事都要讲究证据，我说了，调查结果早就出来了，没有任何证据证明是故意杀人，也没有证据表明有人在协助作案，王得胜也有不在场证据，况且，受害人家属都没有上诉，你又在操什么心？"

"我就是觉得你们得再好好查查。你们要抓的人不是我，是她。"那人又盯了王得胜一眼。

吴德彪把保温杯往桌子上一敲，拿起一只透明的文件袋，文件袋里装着一些照片。"少废话，已经对你家进行过搜查，我们找到了一些照片，是那个受害女孩的母亲，你跟她又是什么关系？"

"没……没关系。"他低下了头，回避问题。

李然看到那只文件袋,他攥紧了拳头,手心发热。

吴德彪拿出一张陈雯的照片,贴到他面前:"你跟她是情人吗?是她让你来查的吗?"

"我说了,我就是见义勇为,跟陈雯没关系。"

"没关系?没关系你留那么多照片?又不是电影明星。"

"是,我是喜欢她,我们只是朋友关系,没发展到那一步。警官,喜欢一个人不犯法吧?"

"当然不犯法,任何一个中国公民都享有自由恋爱的权利。不过我得告诉你,你今天这不叫见义勇为,叫私闯民宅,要蹲号子的!建议你出去后看看心理医生,要是没合适的,我们警局可以帮你介绍。"吴德彪隐隐有点头疼,这案子已经结案两个月了,怎么自己的女儿,还有这个嫌犯,老盯着这案子不放?难道自己的侦查方向真的错了?吴德彪走到王得胜面前说:"鉴于他的行为没有造成人身伤害,你可以向他提出民事诉讼,也可以选择和解,具体事宜,你可以咨询一下律师,其他还有什么问题吗?"

"没问题,谢谢你,吴警官。"王得胜回道。

"哎呀,你们啊——"

吴德彪一个没注意,李然冲上去将那男人连人带椅子扑倒在地,他举着拳头,悬着,没打下去。那男人先前的傲慢劲儿都不见了,五官缩到一起,完全被李然的狠劲儿震慑住了。

李然很快被两个警察拉开,吴德彪发起火来:"这里不是你们胡闹的地方,要是闹出事情,今晚谁也别离开派出所。"

王得胜忙上去求情:"吴警官,你消消气,他是小雨的老师,只是吓唬吓唬他罢了。"

"好，王得胜，你们最好别再给我闹出事情。这大半夜的，孩子还在家里，今天我不追究了，下不为例。"

"好好好，一定一定。"

问讯结束后，李然和王得胜离开派出所。街道上空无一人，风一阵阵吹，他们站在公交牌下等车，车牌上所有巴士都过了最晚班次时间。两人相顾无言。

王得胜静默了一阵后，对李然说："谢谢你。"

"啊——谢我干吗？"李然一副狐疑的神情，没能领会王得胜的意思。

"总之刚才谢谢你。"王得胜向他展示了一个憔悴的笑容，脸皱巴巴的，毫无血色，只有路灯与月色交织的惨白伏在她长满皱纹的皮肤上，"我能看出来，你是真的关心小雨，其实那样的人我们遇到太多了，好像我们做什么都无济于事。"

李然无法向王得胜解释自己的行为，跟自己也解释不清，他的手段实在卑劣，不仅没露出马脚，还逗了回英雄。

李然问王得胜："今天的事，你怀疑过是我做的吗？只有我有你家的钥匙。"

"嗯。"她肯定道，"我第一个想的人就是你。那时候我怕极了，万一真是你，我真不知道怎么跟我女儿交代。不过小雨很信任你，她说你不会做这样的事。现在真相大白了，谢谢你帮我们。"

李然沉默。

"你有什么要问我的？"王得胜说，"我家发生的事情，我知道你有疑问,我也一直在回避,不过你是朋友,是小雨老师,跟你说说无妨。"

此刻,王得胜尤为脆弱,她没保护好女儿,又错怪李然,为了弥补,她愿意对他敞开心扉,毫无保留。也许明天会后悔,但眼下无所谓。

出租车还没来,李然掏出一盒烟,王得胜也问他要了一根,风打着回旋,两人一起用手包住火苗,让香烟燃烧。

李然吸了一口,烟雾从咽喉进入,再从鼻腔散出来。他手指夹着烟,烟烧了一半都没抽第二口。思忖再三,他问王得胜:"你认为宋小彪真是误杀吗?"

王得胜显然不会抽烟,她咳嗽了两下,烟熏酸了眼睛,于是用手扇开烟雾,脸上的表情才慢慢舒展开。

对李然的问题,王得胜没回避。"我这两个孩子真的跟其他孩子很不一样,他们比我想的要早熟。我也试图从他们身上找原因,找来找去,我发现这都是我自己造成的。一直以来,我都没有好好照顾他们,也没有和他们好好沟通,他们一做错事情,我就骂他们,打他们,没有用对方法,让他们产生逆反心理。直到出事后,我才发现自己真的是一个失败的母亲。我并不恨他,他不是我亲生的,但我养着他,也在塑造他,难辞其咎。从那以后,我就一直活在恐惧中。我是一个相信报应的人,怕这样的事情有一天会发生在自己女儿身上。"

"你忏悔过吗?"李然问。

"忏悔有用吗?忏悔一点用都没有,不过是一种心理补偿。"

第十一章 欢乐颂　127

王得胜说。

"既然你这么怕,为什么不离开这里?你可以带着孩子走。"

"我想明白了一件事,就算我离开这个地方,我也回避不掉那个血淋淋的事实。我的人生就这样了,改不了命了,所以我要改变我的孩子,我不希望我女儿将来成为一个像我这样的人,希望她能做一个正常人,不用受歧视,不用他人可怜。我把所有筹码都押在她身上,这对她而言不公平,但我没有别的办法。"

王得胜的烟烧完了,她蹲下身,把烟头按在地上掐灭。

李然想起那个男人在派出所里的话,这正好让他产生一个疑问。那个男孩纵使身体强壮,可以搬动尸体,但是难免会在家里或楼道里留下血迹、头发……而她又是做家政工作的,在这方面可以处理得比任何人细致,所以案发后,她真的什么都没做吗?

李然向王得胜说出了他的疑问,他丝毫不寄希望能从中套出任何有价值的信息,所有人都会隐瞒自己的阴暗和罪行,这是人性使然,也是社会法则。

然而,让李然没想到的是,王得胜却在此刻直面了自己的罪恶。"女孩失踪那天,我下班回家后发现桌子底下有一些呕吐物,附近还有头发,不像是女儿的。那时候我并不知道那个女孩出事了。后来警察来了小区,说有人失踪了。我大概猜到宋小彪犯了事,便把那些东西都紧急处理了。我还在床底下发现一只中毒死的猫,也一并处理了。所以那人说对了一句话,我骗了警察,确实是有罪的。直到警察第二次上门,我才确认女孩是真的死了。"

她完全可以像对所有人一样也对李然隐瞒这个事实,但她就那样冷静地叙述着那天发生的事,将李然的思绪拉到犯罪现场,向他展现一个个细节。王得胜说她不想再躲躲藏藏,她很清楚自己有罪。人们在面对自己所犯下的过错时,都会下意识为自己辩护,这并不能从根本上消除错误,可这世上又有谁能活得坦坦荡荡,问心无愧?哪怕不能心安理得,也好过自我虐待。

"你就不怕我告发你吗?"李然问。

"我怕的事太多了——"王得胜反问李然,"那你会告发我吗?如果你要告发我,我们往回走几步就可以了。"

李然没回答她,他担心自己的任何回应都会不经意暴露他的狠戾。机会就摆在他眼前,他现在就能将她绳之以法。但人却被摄了魂似的,变成了薄薄的一张纸,随时都要被街道上的风卷走。

出租车来了,王得胜挥手拦下车。"你住哪里?"她问李然。

李然摆摆手,示意她先走。

上车后,王得胜摇下窗:"李然,你还会继续做小雨的老师吗?"

从始至终,她一直在试探他,试探他的原则也好,试探他的同情心也罢,只要她的焦虑存在,这种试探依旧会接二连三地上演。

"我会继续上课。"李然给了她肯定的答复。

车开走了,尾灯消失在路口。

李然觉得自己已走到悬崖边,他的处境比王得胜更加危险。

人只有轻得像一片羽毛,才不会惧怕坠入万丈悬崖。

第十一章 欢乐颂　129

第十二章　复仇者

　　宁市又下雨了，从霏霏细雨转变成滂沱大雨只用了半个小时。屋子里格外闷热，地毯散发着一种霉味。李然抽着烟，手里捧着一本《基督山伯爵》，缱绻的烟雾在房间里缭绕，一如其大脑中纷杂的思绪找不到逃离的出口。

　　晚上八点，管方打来电话，约他去一家面馆见面。他从鞋阁找了一把雨伞，顶着雨水出门赴约，这把旧伞的涤纶布上有条缝，雨水顺着缝隙流进他衣领中。

　　见面后，两人找了一张角落里的桌子坐下，点了面和龙虾。他们先自顾自吃起来，管方问服务员要了两瓣蒜和一些辣油，他向李然解释，最近他的味觉出了点问题，吃什么都感觉没味道。

　　"说吧，找我什么事？"李然问，他仍对管方把自己忽悠进殡仪馆之事耿耿于怀。

　　"挺抱歉的，最近我一直忙家事，殡仪馆那边你还适应吧？"

　　"挺适应的，就等你的单子呢。"李然反讽道。

　　"我尽快，你信我，商业逻辑没问题，只是需要时间，你先撑会儿。"管方赔笑，又在碗里加了两勺辣油，接着把话题从李然转到了陈小雨身上,"对了,你还在教那个孩子练琴吗?她情况怎么样?"

服务员端上一盆十三香龙虾,李然拿起一只,被烫了一下,手一甩丢了回去。

李然回管方:"上次你也看到了,她有点天分,起初我以为她坚持不了多久,但是她比我想象中要用功。她眼睛是看不见,但很多方面比其他孩子要敏锐。"

"噢,这样啊!那就好,那个孩子是挺有音乐天赋的。"管方拿起那只李然放回去的龙虾,剥开壳,放到李然的面碗里,李然又用筷子把龙虾肉夹回管方碗里,谢绝他的殷勤。

"前天我已经把我老婆接回家了。"管方说。

"不打算继续化疗了?"

"这是她的意思,她不想在最后阶段躺医院里,受不了这折磨。回家后她的情绪好了些,还总跟我提那个孩子,说很想再见见她。总而言之,想办法度过这最后一段时间吧。"

李然对琴的决定感到意外,又表示理解。"那你呢?做好准备了吗?以后有什么打算?"

"我今天来正要跟你商量这事呢。琴最近跟我说了很多,也让我想明白一些事,她比我通透,她不怕死,是我怕她死。我现在释然了,这命总有花完的一天,对吧?我们还是得把有限的生命力投入到事业中去。"

"啊?"

"就是去做自己想做的事,让没意义的人生看上去有意义些。"

所以受她的影响，我一定要把我们的乐队搞起来。当然，按我们以前的思维是不行的，现在时代已经变了，互联网世界，要流量，要营销，要裂变，要转换率。这支乐队既要保留我们的古典主义气质，又能跟得上新潮，你觉得怎么样？"

"这么说，你找到合适的成员了？"李然问。

管方竖起筷子指着李然说："知我者，李然也。我希望在乐队里加入一些人声的部分，不仅仅只是弦乐。那个孩子，我觉得可以。"

管方说出了重点：那个孩子。

"哪个孩子？"

"陈小雨啊。"

李然觉得管方的想法荒唐至极，他不同意："她才不到七岁，跟一个孩子搞什么乐队啊！再说那是殡仪馆，不是儿童乐园。"

"不到七岁怎么了？莫扎特五岁就会自己作曲了。我这招呢，就叫作'剑走偏锋'。我在这个圈子里多多少少还有些人脉，凭我的经验，我们不仅可以搞现场，还可以自己出一张电子专辑。现在没人做实体了，那是亏钱买卖。就算我们一年办三百六十五天，不停下来，也就送走三百六十五个人，但你想，中国每年走多少人？地球每年又走多少人？只要我们打出招牌，一些外地客户也可以买我们的专辑，自己回家放，又省钱，又环保，我们就走个量，一张二十块，一包烟的钱，人家足不出户能听到天堂的敲门声，多有性价比！而且现在流行宠物经济，一些人把猫狗的命看得比自己的命还重要，我们再出一个宠物版，从人到畜，全方位覆盖。要是以后发射什么寻找地外文明的卫星，我们就上太空，把外星人的丧事都给办了，承包整个银河系。"

"你他 × 有病吧？"李然拿起一块龙虾壳扔到管方身上。

管方嘿嘿一笑："后面那些是玩笑话，但这事啊，我是真想做。你也别管你以前犯的那些破事，没人在乎。这个孩子才是我们的关键。"管方举起手，做出一个拧锁的动作，向李然示意陈小雨就是那把开门的钥匙。

"别做梦了。"

他不明白管方为什么如此执着于这个孩子，这个孩子只不过唱了首歌，他就把她当成万能钥匙。这事行不通，他觉得。

管方郑重其事表示："咱俩十年的交情了，你知道我不是在开玩笑。"

李然喝了一口啤酒，陷入思索。他一直以为管方和自己一样，对音乐和人生麻木了，要不然他怎么会去做给死人听的音乐？可那个孩子就像是一剂高锰酸钾，让周围的许多人和事都发生了反应，管方便是其中之一。他是如此迫不及待地跟李然谈论着那个孩子以及她将塑造的未来。

"李然，我们要为自己再活一次。"

"管方，这件事我真做不了。"

"相信我，我们还有机会再赢一次，不只是为了自己。萧伯纳有一句话：人生不是一支短短的蜡烛，而是一支由我们暂时拿着的火炬，我们一定要把它燃得十分光明灿烂，然后交给下一代的人。"

"什么萧伯纳？什么狗屁传承？我人生就这样了，我认了，要传承也轮不到我们来传承。不管你是受那个孩子的影响，还是受了琴的鼓动，对我而言一点不重要。我早就死了，彻彻底底死了。"李然卷起袖子，把手腕上割腕留下的伤疤露给他看，"你之前问我做了什么，我现在告诉你，我去鬼门关走了一趟。"

管方看了李然的疤痕，跟一条条蜈蚣缠在手腕上似的，恶心极了。管方脸青了，食欲全无。"你真他×是个孬包！多少人想活还没这个机会，你倒想去死，那你从地府回来干吗？"

"我想报仇。"

"报什么仇？"

李然决定不再瞒着管方，纸迟早包不住火。"你知道我女儿的事吧？一个男孩害死了她。陈小雨，我的学生，她就是那个男孩的妹妹，我这次留着命回来，就是来报仇的。我一直试图接近她们，就是没有合适的机会。好巧不巧，王得胜竟然把她女儿送到我这儿来学琴，你说，这像不像一个早就写好的剧本？"

管方听了李然的话，整个人吓傻了，过好一会儿才缓过神来。"李然啊，我可警告你，你千万别干什么杀人放火的事情，要坐牢的！"

他的反应在李然预料之中，李然说："这段时间我几乎每天跟那个女孩在一起，我要是有这个胆量，我早就做了。不知道为什么，我总能从她身上看到我女儿的影子。我下不了手，她可是我的学生啊。"

管方说："我们这么多年朋友，我很同情你的遭遇，也理解你的心情，虽说这压根无济于事。你这人吧，有时候就像个极端分子，方方面面都把自己捆得死死的，但我知道你不是一个恶棍，你不会去害别人。之前坐牢那事另说。这个案子已经过去了，人死不能复生，算了吧，要是这件事情捅破了，那个孩子会怎么想？她跟你女儿差不多大吧？我看她挺喜欢你的，张口一个李然，闭口一个李然。你好好想想，她们母女在某种意义上是不是也是受害者？你没有必要把她们拖下水。听我的，向前走，别回头了。"

管方的话无疑是在给李然火上浇油。"你说得倒轻巧，我怎么向前走？我现在一做梦就听到我女儿在哭，我都快把自己折磨疯了！哪天我见了我女儿，怎么向她交代？而且这案子也没这么简单。"

"案子不是结了吗？是意外。法院就这么判了，你能怎么办？司法是公正的，它这么判肯定有它的道理。"

李然决定把前天发生的事告诉管方："前天有个变态闯到王得胜家里，可能是陈雯的姘头，我也不清楚陈雯是否在背地里指使什么。他把她家的东西砸了。我被当作嫌疑人去了一趟派出所，亲耳听到那个人说了一个案件中的疑点，一个有智力残疾的人，害了人，就算是意外，家里应该都是有痕迹的。他是怎么清理的？我不相信他能把事情做得这么干净。"

管方反驳道："警察之前做调查的时候肯定考虑过，但是没有证据证明这起案件中有帮凶。疑罪从无，现在法院都这么判。"

"的确是没有证据，但是出了派出所后，那个女人亲口跟我承认了，她回家的时候发现茶几下有呕吐物，当时我女儿还处在失

第十二章 复仇者

踪状态。她的第一反应不是跟警方汇报情况，而是把呕吐物擦干净了。"说到这儿，李然血压腾地上来，他踢了桌子腿一脚，把两只龙虾都从盘里震了出来。

"你别激动啊！大庭广众。"管方把桌子挪正，问，"她真这么说了？"

"是，她觉得我是一个局外人，不会告发她，什么都跟我说了。这不是帮凶是什么？我们看到了冰山一角，却没有看到沉没在海面下巨大的罪恶。"

"那你打算怎么做？拿枪打死她吗？"

"我要把她送进监狱。"

"你够傻×的，你想过那个女孩吗？你把她妈送进监狱，她怎么办？你知道她跟正常的孩子不一样，你这么做会毁了她的人生。"

"管方，你可是个奸商，什么时候这么菩萨心肠了？在这种局面下，没有任何人值得可怜，要是我们对罪犯抱以同情，那谁又来可怜我受害的女儿？宋小彪有认知障碍，法律上认为他不具备完全刑事责任能力，所以他躲过了严厉的制裁。那么王得胜呢？她是个成年人了，她是否应该为自己的所作所为承担后果？如果我不能给我女儿讨回一个公道，我永生永世都不会安心。"

管方不赞同李然的做法，他觉得李然疯了，比五年前还危险。"李然，我问你，你认为你是在赎罪还是求一个心安理得？"管方抽起了外套，站起身，准备走，"我无法评断你这么做是对是错，但我希望你可以好好想想我今天说的话，不要在自己有情绪的时候做决定，你是时候为自己考虑考虑了。至于乐队的事情，我会再想办法，你如果改变主意了，就跟我联系。我先走了。"

管方推开门，冲进雨中消失。

"我是在赎罪，还是只是在求一个心安理得？"管方问李然这个问题后，李然无法平静。他是该去追寻这个问题的答案，还是去追溯产生这个问题的根源？他无法对那个孩子下手，她就像是莫妮卡的倒影。她不是自己的敌人，她是他的学生，在某些时刻，她就像一剂灵药，能让他忘却仇恨。而支离破碎的他又该怎么好好活下去？不可否认，人在情绪化的时候会做错误的决定，可不做决定又如何让自己恢复清醒，不再情绪化？

人总在这样的悖论中自寻烦恼，自我毁灭。

事到如今，他觉得自己已经无路可退，他必须将王得胜绳之以法。

第十三章　食物链

上课日，李然没有来给陈小雨上课，小雨问妈妈为什么，王得胜说李然上回在警察局差点打了那个坏蛋，他向她请了假，过两天就会来的。小雨不苦恼，倒是挺高兴，李然看上去挺斯文的，没想到也是暴脾气。她跟王得胜说，李然是她的好朋友，他会保护她。王得胜听了有点吃醋："难道妈妈就不是你的好朋友吗？"

"妈妈当然是我的好朋友啦。"

王得胜说，今天她要亲自为陈小雨上一堂课，这堂课是每个女孩都要学的，必须妈妈教才行。"你不是想知道你是怎么来的吗？"

"嗯。"

王得胜拿来一本书，指着上面的图画跟女儿讲："你呀，是由爸爸的精子遇到妈妈的卵子组合而成的。在一些时候，爸爸会和妈妈性交，在性交的时候，爸爸会一次性在妈妈的阴道里射进去许多精子，只有游得最快的那个精子才会得到卵子的喜欢。所以你从小就是一个游泳冠军。阴道是女生身体里最重要的地方，它是生命诞生的通道，所以你要好好保护自己的阴道，不能让任何人看，也不能让任何人碰，男生女生都不行。不仅仅是阴道，女生的任何一个地方都是宝贵的，所以我们要避免跟男生有过多的接触，李然也是一样。"

王得胜的讲解让陈小雨第一次对自己的身体有了新认识，最让她印象深刻的，是妈妈提到了一个叫作"月经"的东西。

"月经是什么？"

"等你到了一定年纪，每个月你的阴道都会流血，这就是月经。"

陈小雨被月经吓到了。"月经太恐怖了，女生每个月都要受一次伤。妈妈，你有月经吗？"

"妈妈当然有呀。来了月经之后不要害怕，也不要觉得难为情，当你来了月经，就证明你长大了。"

"如果长大了就意味着要流月经，那我宁可永远不要长大。"小雨这般想。她有点怪妈妈不应该在她这么小的时候告诉她这些事情。王得胜说："这些事情你迟早要知道的，我告诉你，是为了让你自己学会保护自己。"王得胜从前也不会想给女儿上生理卫生课，这是雇主太太传授她的，说国外都这么教小孩，是高阶家庭的教育方式。为此，她借了这本书，反反复复研究了许多遍，当妈的也是要进步的。

上完生理课后，王得胜还告诉小雨一个消息："小雨，你还记得骏骏吗？骏骏马上就要过生日，你想参加吗？"

"不不不，我可不想再见到那个小恶魔了。"

王得胜说："上次的事情妈妈已经帮你解释清楚啦。人和人之间难免有误会，有时候你原谅别人，可能就会收获一份友谊。有句俗话说得好，'不打不成交'，讲的就是这个意思。"

小雨说："你们大人真会骗小孩，狐狸和兔子才不会成为朋友，狐狸只有在想吃兔子的时候才会装成是它的好朋友。"

王得胜说:"这样吧,妈妈去联系一下李然,让他陪你一起参加生日会。你不是喜欢唱歌吗?你们可以在生日会上表演节目,到时候,大家一定对你刮目相看。"

王得胜倒并不是多在意骏骏的生日会,她同样有虚荣感、自尊心,倒也想借此机会向所有人证明自己。好歹下了本钱,总得有点回报。

"李然也会去吗?"小雨确认道。

"妈妈努力一下吧。"

王得胜给李然打了个电话,问他是否愿意为女儿作陪。李然也有自己的算盘,便同意了,说过两天就来跟陈小雨一起排练节目。

两日后,李然来了,他和陈小雨一起商谈要表演什么节目。李然想了想说,就唱上次那首《虫儿飞》吧,他用大提琴帮她伴奏,小雨唱,来个双剑合璧。他俩在客厅中央用椅子围了一个舞台,两人在中间排练,排练了几遍后,默契来了,声音就能对上了。

王得胜站门边看他们演,不出声,不打扰,看着看着眼睛酸了,抹了抹眼泪,觉得女儿出息了。她下楼买了一个西瓜,切成块,三个人坐在阳台一块吃西瓜。王得胜把手放在小雨嘴边,让小雨把西瓜籽吐到她手里。

王得胜特别高兴。而有那么一瞬间,李然也把自己当成了这家的一部分。

骏骏生日那天,王得胜给陈小雨换了一身衣服,穿着像公主,小雨自己不想当公主,她想穿盔甲,当骑士。小雨和王得胜下楼后,李然租了一台沃尔沃来接她们,她们坐上车,去了东钱湖的别墅区。在车里,陈小雨叮嘱李然:"你可要小心那个叫骏骏的男孩,不要随便跟他讲话,他是一个小顽童!"

李然回道:"我可不怕什么小顽童,我是出了名的老顽童,小顽童见了我,一点招都使不出来。"

"别瞎说。"王得胜叮嘱女儿,"一会儿到了之后,要懂礼貌,有很多人来的。"

到了别墅区,李然把车停好,发现这生日会阵仗挺大。陈小雨听到很多人在说话,她躲在李然和王得胜身后。有些人见了小雨,便上来问,她是怎么瞎的?她会盲文吗?眼睛能不能治好?王得胜也有些紧张。雇主陈太太见王得胜来了,上来热情迎接,她拉住小雨的手,一改之前的脾性:"是小雨来了,来来来,阿姨给你吃好吃的。"

她带着小雨走到草坪的餐桌前,用盘子装了一些水果、点心,递给她。王得胜接过盘子,喂小雨吃了些,替她擦嘴。李然看出小雨的慌张,就安慰小雨放轻松,待会儿表演时要跟着他的节奏,然后捏捏她的肩。

陈太太对着麦克风跟到场来宾致辞,生日会进行到一半,她对到场的来宾说:"今天,我们家阿姨请来了一位小音乐家,是她的女儿,让我们欢迎她上台给大家表演节目。"

宾客开始鼓掌,纷纷夸赞陈太太有爱心。陈太太自是高兴,这个恰如慈善环节的设计,让自己的形象在圈子里升华了,对丈夫商业上也有帮助,还给了王得胜一个人情,一举三得。

李然拉着小雨走上台,把麦克风拉低,让小雨站稳,对准话筒。他坐在旁边，用大提琴拉起前奏。当他的前奏过去了，陈小雨一句都唱不出来。

台下的人嘀咕一阵，个个怀着慈悲心给她加油，那场面犹如上回他们出国看名犬比赛，为一只受伤的边牧揪心。

李然走到陈小雨身边，捂着小雨的耳朵说："你不要刻意去关注台下的人，你就想象这里是你的房间，房间里只有你和我，把我们之前做过的事情再做一遍，就这么简单。"

"嗯。"小雨点头。

李然回座位上，又拉起前奏，这回，小雨跟上了他的节奏。她把整片场地幻想成自己的房间，房间里有李然，还有妈妈和宋小彪，她不害怕了，唱得欢乐、自由，又充满一个孩子纯真的爱。

表演结束，宾客鼓起掌。李然一把将陈小雨抱起来，在空中转了一圈。

王得胜激动地跑上台，朝着女儿的脸一顿亲。"我女儿，这我女儿——"她对台下的人说。她想向所有人宣布，她的女儿不是一个可怜小孩，她如此与众不同。她，王得胜，有个全世界最好的孩子。

生日会结束后，李然把母女送回家，没作停留，开车走了。

与这对母女相处日深，李然早已对王得胜的心理了如指掌，她十分在意他人看她以及她女儿的眼光，她想把自己擦得干干净净，让人看不到她身上的污点，所以她想方设法证明自己的"清白"。生日会上，他尽力扮演好自己的角色，帮助她们完成任务，王得胜得偿所愿，成功为自己塑造了一个好母亲的形象。

既然他找到了她的弱点,那他便攻击她的弱点。

她的雇主是一家上市公司的股东,家境殷实,宾客多为政商人士,要是他们知道了自己的保姆是一个"凶犯"的母亲,他们会怎么做?

接着,他就要把她身上包裹罪恶的皮囊一层一层扒下来给他们看。

他去网络上搜集了诸多女儿命案的新闻报道,并将这些报道打印,塞进信封。把母女送回家后,他又坐车折回那间别墅,把信封塞进门口的信箱。

经过一段时间练习,小雨已经会拉一些简单的旋律。李然告诉她,必须用心去控制你的旋律,在你演奏的乐曲中,其实都包含着你的心跳,它们会跟弦乐产生共振。小雨不懂,但她会留意自己的心跳声,她的听觉比常人更敏锐,好像真能听到李然说的那种共振。由此,她的音准与节奏感更强了。

王得胜也给陈小雨带来一个好消息,她说自从她表演完后,她的雇主允许小雨去他们家的琴房练琴,那个房间很大,拉起琴来美丽动听。

"妈妈你没撒谎吗?"

"妈妈没撒谎,撒谎就把我舌头拔了。"

小雨一下扑到王得胜身上,王得胜托着她的屁股,小雨把身子往后一仰,倒挂着,王得胜抱住她两条腿在屋里转圈。晕头转向后,母女俩都躺在地上,笑个不停。"今晚咱们下馆子去。"王得胜宣布。

次日,王得胜给女儿打扮一番,扎了两个丸子头,穿一件小旗袍,带着她去雇主家。到了门口,按响门铃,半天没动静。王得胜牵着女儿的手等着,女儿没问什么,紧张地站着。过了会儿,陈太太来开门了,门半掩着,没让母女俩进门。

王得胜很诧异,看了一眼女儿,给不出交代。

"陈太太,是怎么了?我孩子来了——"王得胜压低声音,暗示陈太太先让她们进屋,有难言之隐背着孩子告诉她。

陈太太能领会王得胜的意思,还是没放母女进去。她认为自己与王得胜也没交情,倒不必在意这些人情世故。怕这对母女胡搅蛮缠,索性就直话直说:"王阿姨啊,我们昨晚想了想,从今天开始你就不用来这里上班了。"她手伸出门缝塞给王得胜一个信封,信封里装着一叠钱。"这是你这个月的工资,我提前给你结了,你们走吧。"

这下王得胜蒙了,怎么莫名其妙就被辞退了。"为什么?是我哪里做得不好吗?昨天不是还说让我们来练琴吗?"

陈太太说:"你做得很好,这两年也很尽职,不过……"

"不过什么?你今天不跟我讲清楚我们不会走的。"王得胜一只手推着门,不使劲也不收力,与陈太太的力度持平,反正在女儿面前脸也丢了,今天不讨到说法,她就准备闯进去。

陈太太反倒被王得胜压制得有些慌张,新闻上保姆杀雇主的案件不少,万一被她碎了尸,熬了汤,自己做死人的颜面都没了。

陈太太板起脸:"那我就实话实说了吧,你们家是不是出了什么事？我听说你儿子害了人。"

小雨立刻抱住王得胜的腿。当这事再被提起，母女俩又回到了那种既恐惧又羞耻的精神状态。

"你是怎么知道的？"

"好事不出门，坏事传千里。若要人不知，除非己莫为。"陈太太一套连词，反制王得胜，"你也知道我们是什么家庭，我们接触的都是一些社会精英，在这个圈子里，大家都很在意自己的修养和形象。这事情要是传出去，对我们家的声誉影响很大，王得胜，希望你能理解。"

王得胜的情绪激动起来，把门往里面又推进了两寸："理解？我理解你们，你们能不能理解我？我和女儿都要讨生活，我们不害人的。"

陈太太一只手与王得胜角力，一只手掏出手机，作势要打电话："我们家骏骏以后是要上名牌大学，做社会栋梁的，我们投入了多少心血？这是一点也不能松懈的。我不想在他身边安一个炸弹，不怕一万，就怕万一。我以后会请更专业的人来，也会好好调查对方的底细，你们还是走吧。"

"好好好，我认了，是我隐瞒你们，但是今天能不能借你们的琴房用一下？我答应我女儿，今天带她来练琴。你看，我们把大提琴都带来了。"王得胜摇了摇小雨的肩膀，"小雨，快跟阿姨说说，你现在学到哪儿了？"

小雨低头，一句话也不说，眼泪顺着下巴啪嗒啪嗒掉。

"好了好了，就这样吧，我们马上要去上班了，今天骏骏跟我

第十三章 食物链

们一起去公司。"

王得胜看了屋里的骏骏一眼，这个照顾了两年的孩子正用一种无动于衷的眼神看着她。王得胜就跟被拔了气阀的橡皮轮胎似的，她松了手，作罢了，门咣当一声关上。陈太太被王得胜吓得心惊肉跳，她上了保险，随后带着儿子从后门驱车离开。车绕到主路，恰好从王得胜母女身边开过，两个母亲对视了一眼，大路朝天，各走一边。

回去的路上，王得胜不停跟女儿道歉，说自己骗了她，很内疚，该死，要拔舌头。小雨知道这不是她的错，没有必要跟自己道歉，只要她一说对不起，小雨就特别心疼。母女俩就背着一把琴，漫无目的地走着，也不坐车，各怀心事。

走着走着，小雨问王得胜："妈妈，是不是人和人之间是不平等的？"

王得胜说："不对，人和人之间是平等的，只要我们靠自己端起饭碗，就不低人一等。"

"那为什么他们不能心平气和地好好谈,听听我们的想法呢？"

王得胜一时回答不上女儿的问题，她给女儿打了一个比喻："老虎吃狐狸，狐狸吃蜥蜴，蜥蜴吃虫子，它们都会吃掉比自己弱小的动物，老虎不会因为狐狸可怜而不吃它，狐狸也不会同情蜥蜴而不吃它。这不代表它们不平等，只是大家都是为了活下去而做的选择。"

"妈妈，那我们一定是虫子吧，就算再怎么努力活着，谁都可以吃掉我们。"

"虫子也有自己的小世界,虫子也可以做很多了不起的事,你看毛毛虫,不就变成蝴蝶飞到天上去了吗?"

小雨笑了,她喜欢这个比喻:"妈妈,你现在可真会讲故事。"

"妈妈也是会学习,会进步的嘛!"王得胜拉着女儿走了一会儿,又说,"要我说啊,妈妈以后给你找个学校吧。我知道哪儿有一家残疾小孩学校,政府有补贴,不用学费,我把你送到那儿去,学点盲文什么的,以后长大了,你再去学足底按摩,讨点生活没问题。"

陈小雨怄起气:"什么足底按摩?我可不想给别人做按摩,我要做音乐家。"

"哎呀,你就把别人的脚丫子想成一个乐器,你弹它,按它,使点劲,时间久了你就习惯了,劳动最光荣,不分贵贱。"

小雨哼了一声,表示反对。

母女回到宿舍楼下,王得胜买了点菜,牛腱子涨到了五十元一斤,她嘴里念叨吃不起,还是切了六两,又买了一壶黄酒用来炖牛腱子。她在车上已跟李然约好,请他晚上来家里吃饭,说有要事商谈。

李然来了,饭菜也烧好了,三人坐下。小雨鼓着腮帮子,拿着筷子在手里转来转去,王得胜没搭理她。她给李然斟了点黄酒,敬道:"李老师,这段日子感谢你对小雨的栽培,给你添麻烦了,来,我敬你一杯。"

他们碰一下杯子,各饮一口。

"李老师啊,我炖的牛腱子合胃口吗?益气养胃的。"

"挺好。"

"李老师，今天找你来，有事想跟你商量。"

"你说，什么事？"

"是这样，我换工作了，最近手头不宽裕。"王得胜边说边从包里拿出一个信封，推给李然，"这个是小雨上个月的学费，你收好，后面的我会想办法，你能不能稍微宽限我些时间，我保证，钱我们一分不少。"

李然不意外，心想自己的计谋成了，王得胜多半是被开了。他脸色阴郁下来："你找我来就说这事啊？如果你们不学琴了，可以跟我说。"

"不不不，这琴得学，她喜欢跟你学琴，说你教得好，有耐心。"

"好，钱我收下，之后的事情到时候商量。"

两人对话，小雨一言不发，她故意用筷子在桌子上搞出动静，两个大人都没把她当回事。她没吃几口就跑进屋里，又生气又自责，为什么妈妈这么死要面子，实在没钱就不学了，自己去残疾人学校学点能赚钱的本事，比如给别人做足底按摩，总好过什么都让她一个人担着。

吃完饭，李然到小雨房间授课。小雨让他把门关上，说话尽量小声。

"你要跟我说什么？"李然问。

"李然，妈妈对你撒谎了。"

"她撒了什么谎？"

小雨把今天事情的来龙去脉告诉李然："那家人知道了我哥哥

的事情，他们觉得我和妈妈是杀人犯，以后不准去他们家了。"

"为什么你要告诉我？"

"因为你是我的朋友，朋友之间有什么就说什么。如果妈妈欠你钱，你别难为她，以后等我赚钱了，我还给你。"小雨强调，"我很快就长大了。"

"你能赚什么钱啊？"

"把你脚底板伸出来。"

"你干吗？"

"我给你按脚底板，按一次十块。"

"你有毛病吧？快上课。"

上完课后，小雨累得不行，嘭地一下躺在床上。她突然对一件事情很好奇，于是又挺直身子，问李然："李然，你有小孩吗？"

李然沉默了一阵，说："嗯，我有个女儿。"

"她多大了？"

"大概像你这么大。"

"大概？"

"你到底要问什么？"

"下次能带她一起来吗？我们可以做朋友。"

"她去了一个很远的地方，我们很久没见面了。"

"你是不是很想她？"

"……"

"李然，你为什么不去找她？"

"时候没到，总有一天我会离开这里。"

"你会离开我吗？"

李然不知如何作答，于是他引用了李叔同的一句词做解释："'人生难得是欢聚，唯有别离多。'人与人，总要分开的。"

小雨不赞同李然的说辞，她说："妈妈之前教了我一个汉字，她说'朋友'的'朋'字，是由两个月亮组成的，为什么它是由两个月亮组成的呢？因为天上一个月亮，水中一个月亮，你中有我，我中有你，不管阴晴圆缺，它们都会守护对方。朋友就像月亮一样，他们身上的某些部分一定是相似的，所以朋友就像月亮和它的倒影，他们不会离开对方。"

听了孩子的话，李然再一次为自己卑劣的行径感到无地自容。

第十四章　共振

　　久久殡仪馆的第一支弦乐队终于组成，目前乐队成员三人，大提琴手李然，中提琴手老 Q，小提琴手穗子。穗子是日本人，父亲渡边雄二在宁市经营一家日企，她十岁便来中国，有一口地道南方口音，大学主修小提琴，因喜爱音乐，又有点理想主义，便瞒着父亲加入这支乐团。老 Q 是个退伍军人，如今五十多岁，曾经在文工团工作，他的中提琴是在部队学的，拉了三十年，气息稳定，技法娴熟。

　　管方将三人召集在一起，三人相互介绍，一个坐过牢，一个当过兵，一个日本人，有戏剧性、喜剧感，所谓英雄不问出处，从此便是志同道合的同志。

　　四人推杯换盏，畅谈未来，阅尽红尘俗世，从此共谋"白事"。

　　四人讨论起给乐队取个名，李然说，不如就叫"命如弦音"。他认为命运的曲调又浪漫，又悲怆，奏高一度，低一度，命运的走向便不同了，有人的音域宽，有人的音域窄，有人音色亮，有人音色沉。命运能独奏，也能同他人重奏。人总觉得命运是能预测的，生辰、掌纹、骨相，均能成为预测命运的线索，命运实则能听,每个人的命就是一根弦,命运便是这根弦与世俗生活共振的弦音。

听完李然的解释,管方当即表示,自己要做这支乐队的第一个客户,这吓坏众人,以为他要自寻短见,纷纷劝阻。管方解释道,自己的妻子将不久于人世,她有一个心愿,便是能听一场演奏会。众人得知管方的遭遇,表示会加紧排练,无论对于琴,还是这支刚刚组建成的乐队,这场演奏会都至关重要。

管方自然了解,琴此举不只是为她自己,更是希望管方能振作,把高调热情投入到事业中,生活自然就少一些哀调。

聚会结束,管方与李然又谈了二三事,管方表示,这支乐队还缺个人,他希望加入人声的部分,陈小雨的声音纯真且空灵,有自然之息,是乐队最后一块拼图,他希望李然能考虑一下,就当是完成琴最后的心愿。

这一次,李然没反对。或许在迎接死亡时,人和人之间对待命运的差别才会显现出来。他曾经差点死在一个昏暗又陌生的环境里,而琴渴望在唯美又热情的艺术中死去,两人判若云泥,这种差别,让他更加感受到自己的弱小,以及对生命的极不尊重。

"我答应你,我会把那个孩子带来。"

与管方分别后,李然当晚去了王得胜家,今天不是授课日,他要跟小雨说两句话,王得胜同意了,便走到阳台,给师徒俩留出私人空间。

李然问小雨:"你还记得上回生病的那个阿姨吗?"

"记得,她怎么样了?"

"她的情况不乐观。"

"不乐观什么？"

"她马上要死了。"

小雨听后，眉尖下垂，有一种说不上的哀愁，她在灯下的影子宛如一个成年人般深邃。

李然对小雨说："你还记不记得她想听一场演奏会？我这次是想跟你商量一下，我们能不能满足她这个心愿？"

"我们该做什么？"小雨问。

李然说："我们组了一支弦乐队，现在缺一个歌手，我想邀请你加入我们的乐队。"

"李然，你不是在骗我吧？"陈小雨的愁眉舒展开，她的影子与李然的影子重合在一起。

"我没骗你，你可以成为我们的一员。"

小雨用力点了一下头，一个六七岁的孩子，在这件看上去有些浪漫又有些荒诞的事情上显得比李然有勇气得多。

李然用手掌托住小雨的额头，说："作为回报，我可以帮你减免下个月的学费。"

"一言为定。"

"一言为定。"

那日，王得胜出门找工作，李然带着小雨去了久久殡仪馆，小雨很快便和大家打成一片，众人听她唱了首歌，全体赞同小雨成为乐队主唱。自此，乐队里又多了一个盲女孩。

他们着手准备乐队的第一场演奏，管方和殡仪馆签了合同，

第十四章 共振

交了定金，现在他既是乐队经纪人，又是客户。李然提了一长串演奏曲目，都被管方否决，最后，管方选了一首《送别》，歌词是李叔同写的，这是妻子最爱的一首歌。

"这是一首什么歌？"小雨问李然。

"这首歌描述的是人间的离别之情，就像是一首送别诗。"李然把耳机戴到她耳朵上，小雨一个人闭着眼安安静静地听起来。这是她第一次听这首歌，只听一遍，她就能自如哼唱这首歌的曲调。

他们开始对这首歌重新编曲，三天后敲定了编曲版本，三重弦乐加上童声，赋予了这首歌别样的意境。

在一个阳光普照的下午，琴去世了。

李然瞒不住王得胜了，把小雨加入乐队的事情告诉她。王得胜想了想，没反对，她甚至庆幸小雨有这样一位老师，他改变了母女俩的生活，甚至可能改变她们未来的人生轨迹。

这也是李然第一次认同王得胜，在她的罪名之外，她是一个慈爱的母亲。李然决定暂且放下对王得胜的仇恨，与她达成合作。这两个失败的成年人，用各自的方式给小雨以教育，教育不是去塑造，更不是控制，教育是引导孩子从自我的角度出发，去寻找能定义自己人生的主题。

在琴的送别仪式上，久久殡仪馆来了众多亲朋好友。管方走到剧台中央，准备念一段发言稿，他拿着稿纸，定了一会儿，又把稿纸收起来。他只是想明白了，他无需用动情的言语去感动别人或自我感动，无需给妻子的人生加上注脚或给予修饰，她早已写完了自己的篇章，他只需遵循妻子的遗愿，让她这篇同大多数人一样对命运记叙文式总结的文章,有了一种散文诗式的美感。

他朝着乐队挥挥手,授意乐队上台。小雨站在正中央,她先开始独唱,从 C 调进入到 E 调的间隙,弦乐响起,陪衬着她纯净的童声。

长亭外,古道边,芳草碧连天。
晚风拂柳笛声残,夕阳山外山。
天之涯,地之角,知交半零落。
一壶浊酒尽余欢,今宵别梦寒。
长亭外,古道边,芳草碧连天。
问君此去几时还,来时莫徘徊。
天之涯,地之角,知交半零落。
人生难得是欢聚,唯有别离多。

演奏结束,琴的人生这才算圆满谢幕。

陈小雨面向李然,此刻她仿佛能看见他的轮廓,在她黑暗的世界中被勾勒出来。李然也看着陈小雨,他仿佛从她的瞳里看见了那个遥远的自我。他上前把小雨抱了起来,此时此刻,他们的灵魂与命运仿佛产生了共振。

从此往后,李然不再是一个独奏者了。

第十五章　父子

　　吴月婵前后又去找了王得胜几次，均被拒之门外。此外，她四处打探宋山明的下落，无一可靠消息。他的失踪，没一人报警，即便他死了，对他人而言也是喜事，不是丧事。全世界只有她一人在找宋山明，信仰唯物主义的她恨不得去通灵，就是找到宋山明的鬼魂，她也想把事情问个清楚。

　　吴月婵刚要入睡，社长钱淼发来一封邮件，他安排吴月婵加急写一份广告文案。给谁做广告？久久殡仪馆。吴月婵纳闷，殡仪馆做什么广告？她仔细看了邮件内容，是殡仪馆推出一项新服务，叫作"送别音乐会"，可私人订制一场高端的弦乐演奏会为逝者送别。看着瘆，但挺新潮。钱淼在邮件中提到，这种广告不能做得太张扬，容易引发社会恐慌，而是要结合当下社会良莠不齐的殡葬服务业现状，提出新理念，为这种新模式的殡葬服务做宣传。

　　吴月婵觉得自己早晚要被社长逼疯。后来了解到，是"久久"的一个工作人员联系了《宁市生活周刊》的广告部，提出合作，寻求曝光量。先前什么烟花葬礼也火过，大众是乐于接受的，《宁市生活周刊》近期财务状况也紧张，便接下了这个单子。

吴月婵本想推托，又收到一份视频资料，视频中是一支弦乐队正在殡仪馆排演节目，她一下就认出了王得胜的女儿陈小雨及他的大提琴老师李然。怎么兜兜转转，又和这一家子联系上了？命运使然，她接下了这活儿，连夜奋笔疾书，写了一篇催人泪下的软文，名为《体面的告别，温柔的开始》。

文章一经发布，引起了广泛讨论，上了当地热搜。

管方的第一步营销计划收到奇效，订单量有了，弦乐团正式步入大众视野，开始营业。口碑传开后，就连隔壁杭市也来了不少单子，弦乐团开始跑场子，跟开巡回演奏会似的，从繁华都市跑到城乡接合部，又从城乡接合部跑到乡村大舞台。更有甚者要为一只蜥蜴举办葬礼，乐队没有物种歧视，价格到位，服务到位，蛇虫鼠蚁，照单全收。少了哭爹喊娘，多了深情陶醉。

管方的三步走战略实现了第一步，这第二步，他也想好了，便约李然到家详谈。

李然来到管方家时，他正在收拾东西，他把琴的生活用品都归整好堆到储物间。收拾到一半，他给李然看一张结婚照，他说他一直想不通，为什么这么美丽的女人会嫁给他这样一个平凡的男人。李然说，生活的惊喜之处在于，你所认为平凡的，在他人眼中可能是非凡的，爱一个人也是需要想象力的，那样才会催生浪漫。人们起初谈论凡·高的《星空》，都说这是他精神错乱下对星夜的想象，他作了一幅非现实性的后印象派画，但他作画时，他所看到的星夜是绝对真实的，人们之所以渴望一种确定的真实，

第十五章 父子　157

是因为真实意味着无与伦比的沉浸感，但真实的事物依然需要想象力的涂绘，这样才能激发人的热情，客观要与主观并存，而不是将它一分为二。

管方喜欢李然的回答，他把一架手风琴摆在客厅，他说当他看着那架手风琴，就好像能看见琴坐在这里。这架琴是他们一起去俄罗斯旅行的时候买的，那时候琴还不会拉，但是她太喜欢《莫斯科郊外的晚上》，她觉得只有用手风琴拉才是最好听的。

收拾完后，他俩开始打纸牌。管方家住闹市区，晚上八九点，门外依旧人声嘈杂，车水马龙，歌舞升平，吵得他心烦意乱。

打着打着，管方抽到一张牌，他突然想到什么："李然，我想到一个点子。"

李然注意力全在这场牌局上："唉，赶紧把这两张打完，我好不容易要赢你一次。"

管方把那张扑克牌盖在桌上："等会儿再打，你先听我说完。"

"有话快说。"

"我问你，你有多久没有静下心来听一听大自然的声音？就是那种虫鸣鸟叫，高山流水的声音。"

李然回忆了一下，说："从我十八岁离开家乡好像就没听过，你到底想说什么？"

"我最近不是在琢磨乐队的事吗？现在我们的演奏曲都是别人作的，以后说不定会引起版权纠纷，殡葬业也是商业，人怕出名猪怕壮，迟早挨宰吃官司。我一直在想我们应该做什么样的原创音乐，今天这牌把我的灵感打出来了。"

"你要做什么?"

"我们要做一些回归自然的音乐。"

"怎么回归自然?"

管方接着说:"那孩子有把好嗓子,用我们的行话说,就是老天爷赏饭吃啊!如果我们再加入一些自然的声音,风吹过麦穗,雨打在树叶,水从高山流下,虫子在夜间吵闹,再加入我们的弦乐,你仔细想,是不是有一种返璞归真的感觉?"

"这些声音不是可以合成吗?"李然说。

"不不不,不要合成,我们就要原始的,这些声音我们要亲自去找,既然要做好音乐,我们就得下点功夫。你听听外面,这世界太噪了,人心也太躁了,人们起早贪黑,奔波忙碌,四处迁徙,跟野生动物似的,哪有机会去听这些声音?音乐不就是要给人以想象,把他们带到那样的意境中,帮他们找到内心的平静吗?有个词叫作'落叶归根',人的肉身是动物,人的心其实是植物,终究要归于尘土的。这样一来,我们的音乐就不只是给死人听,也能给活人听,听了之后,就犹如把心脏埋到土里,重新生长。"

"你啰里吧唆一大堆什么意思?"

管方点题道:"鲁迅说过,药救不了人,那是因为人心麻木了,但艺术与思想是可以治病的。"

管方把桌上的那张牌拿了起来,翻个面,是一张大王:"我就说你赢不了我的。"

牌打完,李然同意了管方的计划。管方这人,左脑装商业,右脑装艺术,两者碰撞,脑子里天天放烟花。他又联系了《宁市生活周刊》的特约记者吴月婵，希望她能记录他们的创作过程，写点文章，为日后宣传做铺垫。吴月婵同意了，她也想继续跟踪这支乐队，尤其是陈小雨与李然两人。

至于去哪儿收集这些自然之声，李然有个地方——常绿镇。他的家乡。

他一直收藏着童年中关于这座小镇的记忆：做传统手工艺的匠人、春天从泥土里冒出的笋尖、中秋集市看台上的戏剧，还有风月雨露伴随着这个小镇走过的四季……而另一方面，当他到了某个年纪，又急切地想逃离这个小镇。那时候他认为这个地方会羁绊他，它让他为自己的出身感到自卑，他想着要去远方求学，去获得更高的成就。城市中有他渴望的一切，那些高雅的大厅，那些能欣赏艺术的人，一度让他坠入了一个如万花筒般的梦境，只是他没想到，这个梦几乎压碎了他。

对了，那里还有他的父亲。父亲一直守着那个镇子，守着自己的春花秋月，这么多年来，他从未看过李然的演出。而李然也从未想过走进父亲的世界看一看。父子俩虽有同样的骨血，却毫无默契，犹如路人，只是在人生路上相伴走了一段。

当晚，李然给父亲打了个电话，告诉他自己要回去，做什么他没说，只是说要带几个朋友一起回去。李建明说："那你回来好了嘛。"父子俩便挂了电话。

王得胜四处谋求工作，终于有了落脚点，在一家小商超的货仓做搬运工。她完全信任李然，便把女儿交托给他，她认为女儿跟着李然能走正路，两者亦师亦友，说不准真能成事。

吴月婵瞒着王得胜，也参与了这场音乐旅行。作为一个局外人，某些时候看得比当事人更清楚。她除了要记录这支乐队的创作历程，也一直在记录自己的观察和思索。她想写一篇报道，或许不是报道，更像是一部描述一个社会底层家庭的纪实文学。

选好日子，他们收拾行李，清点乐器、收音器、麦克风……从殡仪馆借来一辆运尸体的殡仪车，上面写着一行标语"实行生态墓葬，造福子孙后代"。

车子沿着省道一路往南，开往李然的家乡。

当殡仪车停到李建明家门口，周围邻居纷纷围观，以为李建明"走了"。李建明出门一看，邻居四散而逃，以为他诈尸了。

李建明自己也吓了一跳，这儿子真是个菩萨，那么多年不回来，一来便是给自己收尸的架势。

眼看李建明哮喘复发，管方赶紧做起和事佬，他解释道："伯伯你放心，这车租来的，容量大，用来装乐器，不是来装你的。哎——没咒你的意思，待会儿我们就把它开走。"

李然对父亲落下一句："有什么好大惊小怪，改天你走了，我给你派辆更气派的。"说完，李然进屋，乐队成员跟李建明笑了笑，跟了进去。

管方拍了拍李建明肩膀："别跟李然一般见识，您这身子骨，少说还能再活一百年。"说罢，也进了屋。

"一百年？我今天少说折寿十年。"李建明念叨完，便进屋给这伙人准备饭菜。

第十五章　父子　161

陈小雨好奇地问吴月婵:"月婵姐姐,李然爸爸长什么样?"

吴月婵弯下腰,在小雨耳边说:"依我看,他们父子俩一模一样。"

李建明缓过来后,热情慢慢上来。他独居二十多年,活得像个孤寡老人,与周围邻居关系也不大好。现在想开了,今天就当这不孝子给自己扫墓来了,他亲自动手从院落里采摘蔬菜,准备晚饭,再从酒缸里斟起一壶酒,要把这席张罗得风光体面。

陈小雨发现这里和城市真的很不一样,这里没有吵闹的汽车声,没有人走来走去的声音,空气闻着也很清新。吴月婵从院子的簸箕里抓了一把谷,让她张开手,把谷撒在她手里。小雨把它放在鼻子前一闻,是香的。

李建明把饭菜做好,招呼他们吃饭。众人坐在八仙桌边,管方向他介绍起各位,大家纷纷夸赞李建明厨艺高超。李建明看这些人老的老,瞎的瞎,还有日本人,开着一台殡仪车,带着一堆乐器,说不知道还以为给人办丧事的。管方见瞒不住,便大方承认:"伯伯,我们就是干这行的。"

李建明差点背过气去,见众人盯着他看,他便风轻云淡地说道:"你们这种形式挺好,哪天等我咽气了,给我也做一套。"

管方竖起三个手指:"给您三折。"

李建明拿出一壶酒,自己酿的。每年五月份,山里的杨梅熟了,他会把杨梅摘下来洗干净,然后倒入白酒和冰糖,密封四五个月,杨梅酒香便醇了。他给大家都倒了一杯,请诸位品鉴。

穗子说:"我小时候喝过爷爷给我酿的青梅酒,这是我第一次喝杨梅酒。"

老 Q 则诗兴大发,念道:"小酌酒巡销永夜,大开口笑送残年。"

管方一口入喉,冒出商业灵感,说:"伯伯,回头我跟您谈个战略合作,办葬礼送杨梅酒,一壶酒在人间醉,阴间做鬼也风流。"

"呸呸呸——什么做人做鬼,才几度的酒就把你喝糊涂了。"李然道。

陈小雨来了好奇心,表示自己也想喝酒。李然拿起一根筷子,在酒里蘸了蘸,然后让她张开嘴巴,在她舌头上点了一点。

"什么味道?"李然问。

"呀,又酸又辣。"

吃完晚餐,管方、老 Q 和穗子跟李建明告别,他们坐着灵车去附近的旅馆住宿。这回他们学聪明了,把车上的标语遮了起来。李然、吴月婵和小雨留在家里过夜,吴月婵和小雨睡一间。入睡时,小雨听到李然和他爸在楼下吵架。

她在被窝里拉了拉吴月婵,问:"月婵姐姐,你听到了吗?"

"嗯,我们假装没有听到,不要多管闲事。"

小雨又问:"是不是所有的孩子都会跟爸爸妈妈吵架,哪怕长大了也是这样?"

月婵说:"是啊,我跟我爸吵得最凶的时候,都要打起来了。在大人的眼中,好像我们永远都是孩子,需要管教。其实大人也是小孩子变的呀。我相信有一天,家人都会慢慢理解对方的,因为我们都是这个世界上最爱对方的人呀!"

李建明与李然在楼下吵起来，起因是李建明给陈小雨准备了一份礼物，是一只他亲手用竹条编的蚂蚱。这个孩子很特殊，眼睛看不见，但他和儿子一样，从小雨身上找到了孙女的影子。事实上，在李然离开孙女的那五年里，他一直与李然的前妻保持联络，定期与孙女见面。

李然让他把蚂蚱收起来，小时候父亲就给他编过蚂蚱，他当时还把蚂蚱烧了。他告诉李建明，没孩子会喜欢这种东西。

李建明争辩道："你不喜欢不代表别人不喜欢，蚂蚱是个好东西，蚂蚱的命硬得很。你怎么这么想不通？"

听完，李然怒火中烧："我告诉你，我为什么讨厌你的蚂蚱。那时候，作为一个父亲，一个丈夫，你从来没有把心思放家里，你眼里只有这些东西。我做噩梦，都梦见你身子是用这些竹条捆起来的。那时候我要学琴，你从来不支持我，我要买琴，你用竹子做了一个玩具琴给我。还有，那段日子我妈病得严重，我在外面上学。你在她最需要你的时候，去外面参加一个什么竹制品展览会，你一去就是三天，等回来后，我妈不行了，咽气了，这笔账谁跟你算？"

李建明侧过身，躲开儿子吃人的眼神："那件事我已经认罪了，我也没想到你妈会……"

"认罪有用吗？"

李建明又转过身对着李然："你回来就是兴师问罪的啊？"李建明拉起自己的裤腿，腿上有一块疤痕，他指着疤说，"你看看，有人来这里找过你，让你还债，把我给烫了，我没报警，因为你是我儿子，子债父偿，天经地义。我能帮你的都帮你了，你要恨我这个当爹的，那你就挺直腰杆，别什么事都躲起来。"

李然苦笑，他想想也是，两人都粗鄙，愚昧，自私，都不是好父亲，一个为了竹艺，一个为了大提琴，都为了所谓的梦想抛妻弃子。他越是从自己身上找到与父亲相似的东西，就越是痛苦不堪。

李建明点一根烟，打火机怎么都烧不起来。李然摸了摸裤袋，准备把打火机掏出来，犹豫后又放了回去。

他索性不抽了，坐下来，又站起来："孙女的死，我也很难受，我宁可死的是我，都一把老骨头了，你今天就是把我运走烧了我也没话说。你这次要来，我一直在想要怎么心平气和地和你好好谈。可这二十多年来，你什么时候给过我好脸色？"

李然不想深究问题的原因，他平静不下来，他们深知争吵解决不了问题，但总是用争吵去解决问题。每次咒骂对方就像咒骂自己，父子俩实在太像了，对方身上犯的错误，自己身上也同样犯过。

李然回了房间，躺下，犹如二十多年前的那个男孩，每次与父亲争吵后把自己关在卧室，两者的灵魂重叠在一起，深深地沉了下去。

次日，管方他们开着殡仪车与李然会合。

他们坐上车，往山深处开，山风阵阵，路边稻穗摇晃，他们放慢车速，把收音杆伸到窗外。越往里开，竹林越密，一些老竹经

第十五章 父子　165

过长年累月的雨打雪压，从山腰上一齐下垂，竹叶片片旋转飘下。

他们把车停在一条溪水边，吴月婵带着小雨把手伸进水里，感受溪水的清凉。石斑鱼群在水中起舞，在水的透镜中呈现出一道道细小的波纹，似乎能漾入身体，与皮肤中的毛细血管产生共振。

这里远离人烟，宛如秘境，自然之声不绝于耳，在此碰撞，交织，协奏。

"李然，你快把琴拿出来。"管方下达指令，他拿出收音器。

李然打开后备厢，从琴箱取出琴，坐在一块石头上，即兴拉起琴弓。当弦音跟到他记忆深处，则变得深刻沉重，当他慢慢调整呼吸，浸入自然，弦音又变得轻快起来。

老Q拿出中提琴，穗子拿出小提琴，摆好姿势，跟上李然的节奏。

几分钟后，小雨也跟着唱起来，没有词，宛如呢喃，与弦音交合。

吴月婵不懂音乐，也无天赋，但她听见小雨与李然之间的情感正通过音乐融在一起，充满温柔却蓬勃的生命力，两人似乎有一种宛如父女的精神默契，不再局限于血与骨。

结束行程，他们回到家，李建明正在做饭，昨晚那次争吵后，他的情绪似乎受到影响，与大伙的谈话不再像昨日殷勤。

为缓解气氛，吴月婵拿起一块石头，在院子里画了一座方块房，她号召大家一起玩跳方格的游戏。

饭席间，李建明接了一个电话。挂完电话，他对大伙儿说：

"晚上镇上会有一个板龙演出，要不要一起去看？"

"什么是板龙？"小雨问。

李建明向他们解释，板龙是常绿镇的一项风俗文化，有三百多年历史。镇上的手艺人会用竹条编出一个很大的龙头和一条龙尾巴，再贴上彩纸，画上眼睛，家家户户需拿出自家的长凳，将这些长凳一条一条连在一起，组成龙的身体。在板凳上，会放置各式各样的灯笼，这些灯笼也由竹条编成，涂绘一番，组成一个个栩栩如生的神话人物。镇上的青壮年会一齐将龙扛在身上，在村庄游行，为村民带来吉祥和幸福。

小雨一听，着了迷，她问李然："李然，带我去看看好吗？"

李然冷淡回应："没什么好看的，都是一些小孩子的把戏。"

小雨说："我不就是小孩吗？"

李然说："我是你的监护人，小孩得听大人的。"

小雨说："为什么小孩非得听大人的？"

吴月婵也对这项民俗产生兴趣，作为一名新闻工作者，她的职业嗅觉让她意识到，这是一项很好的新闻素材，就鼓动大伙儿一起参加。老Q、穗子、管方纷纷响应。

李建明看了看李然，说："我们父子是这儿的人，按照惯例，如果去了就要一起扛龙，要吃力气的。"

李然觉得他在轻视自己，便回应道："不就扛个龙吗？去就去。"

说罢，他们一起走路去了镇上的文化礼堂，一条长长曲曲的板龙就摆在广场中央。游行时间还没到。龙的模样威严凛然，眼珠子瞪得很大，像是要把人吞了，让人不敢与其对视。

"哇！这条龙好大。"吴月婵对小雨呼道，她牵着小雨的手，摸了摸龙身上的鳞。

李建明走过去说："这条龙是我跟我几个老朋友一起编的。"

"原来是伯伯您做的呀！"管方竖起拇指，他提议道，"您这手艺去扎纸人能挣不少钱，我这客户多，回头给您介绍，咱们再来个战略合作。"

李建明道："去去去，晦气。这条龙花了我们两个月时间，你瞧它的胡须，是我用鞭笋的根拗起来的，它的鳞都是我一片片糊上去的，只要粘歪了一寸，就没那么漂亮了。"

李建明接着领他们观赏板凳上那些灯笼，有唐僧师徒，有过海的八仙，有抱着玉兔的嫦娥，有《封神演义》里的各种神怪妖魔。在传统文化中，这些神话人物往往是最受欢迎的，四周有不少村民正在围观这些灯笼，兴致盎然。

其中一张板凳上，摆着一块巨大的金鳞。吴月婵刚要用手去摸，即刻被李建明制止："这片鳞不能乱摸，这是龙的逆鳞，摸了龙王会发怒的。"

到了八点，村支书走上礼堂的戏台，用一根鼓槌敲了一下铜锣。人聚集起来后，他开始致辞。致辞完毕，他宣布板龙游行正式开始。

每一盏灯笼都亮起来，那些神魔鬼怪全"复活"了。

一个领导给在场的青壮年都发了一块毛巾，李然和父亲将毛巾折叠了两下，垫在肩膀上，以防肩膀挫伤，随着一声指令，他们将巨大的板龙扛了起来。

抬龙头的是镇上力气最大的,他们四人负责把龙头抬出广场,其余扛板凳的人得跟着龙头游行的方向前进,旁边还跟着一群敲锣打鼓的乐队,每经过一户人家,他们就会大喊:"龙王给您送吉祥喽!"

没抬多久,李然身上的汗就把衬衫沾湿了,一旦到了要转弯的巷子,他的肩骨就被挤得酸痛。一路上他怨声不断:"我就不明白,都什么年代了,为什么非要搞这种仪式!"

李建明扭过头,对儿子说:"你小时候可不是这样。那时候我还年轻,力气大,可以背龙头,你觉得很光荣,非要跟在我屁股后头,结果被人挤倒在地,头上磕了一只龙角出来。"

其他人听后发出一阵嗤笑,李然有些尴尬,说没这回事。

扛着扛着,李建明又道:"你要明白一点,现在的时代是变了,你们年轻人都想出门闯事业,可对我们这种在这儿生活了大半辈子的人来说,这些就是我们的命,我们的根。如果把它丢了,这个镇子就没了。先人创造了这项文化,不是为了搞封建迷信,而是为了让这地方的人能凝聚起来。"

李然反驳道:"反正它迟早会消失,等你们这代人死了,谁来扛这条龙?"

李建明说:"为什么你总是那么看重结果?这十几年来,很多人都出村了,去了大城市,要挣钱养家。往年板龙游行是一年举办一次,现在成了三年举办一次。两百多年来,多少人死了,埋了,走了,但龙还在,人们忘不了它,骨子里的东西是剔不掉的。

你有你的艺术追求，我也有我的艺术追求，只要还有一个人要看龙，我就得把这门手艺做下去。"

李建明说完，李然四处张望了一下，那些曾经陪他一起在这儿欢闹的孩子都不见了，只剩下一些面容沧桑的老人。他们从前在这里，现在仍然在这里，他注视着这一张张面孔，他们和父亲一样，自始至终都是这条龙身上拔不走的一块鳞。

"小雨，你喜欢这条龙吗？"李建明问。

"嗯，喜欢。"

"待会儿铜锣一响，就跟我一起喊：龙王给您送吉祥喽！"

当——铜锣声响了。

"龙王给您送吉祥喽！"他们一齐喊道，完全融入了这个奇幻的世界里。

李然长叹一口气，与父亲这场对话，竟没让他们吵起来。尽管他们还是一样固执，自我坚持，但这场游行多少缓和了些父子之间的关系。从前，李然从不认为父亲做的是一项艺术，他认为这最多就是一项杂耍，但他这些年浑浑噩噩，就算在高雅的艺术面前，也会变成一个跳梁小丑。

"龙王给您送吉祥喽！"众人继续呼喊着。

"龙王给您送吉祥喽！"李然也跟着他们一起喊起来。

游行仪式结束，李建明受朋友邀请，要去参加一个拜祭会，他半推半就答应了，并招呼李然把朋友送回家。

陈小雨走在李然和吴月婵中间，一人拉一只手，让自己双脚悬空，像秋千一样晃起来。

"李然，你的肩膀还疼吗？"小雨问。

"不疼。"

"骗人，刚才我看你叫得可大声了，是吗？月婵姐姐。"

"嗯，我也听见了。"吴月婵跟小雨打了个配合。

"李然，我想知道龙被抬起来的时候你在想什么。"

"你想知道吗？"

"嗯。"

"来，我抱你起来。"

李然抓住小雨的腰，把她整个人举起来，骑在他脖子上："什么感觉？"

"我感觉我就像孙悟空，一个跟头十万八千里。"小雨做出一个孙猴子腾云驾雾的姿势。

"我看你是五行山，要压死俺老孙喽。"

李然抓住小雨两只手，往前冲了过去。

乐队在常绿镇待了一周，搜集了不少素材，差不多要回程了。殡仪车开到李然家门口，成员一一向李建明道别，感谢这一周的款待。

上车前，李建明掏出一支烟，打火机又烧不起来了，李然点起火，将父亲的烟点燃。父子俩一起抽起烟，两人也没意味深长地对话。抽完烟，李建明让李然照顾好自己，然后一人进了屋，也不目送。

李然上了车，车子发动，一路往宁市开，音响里放着一首蔡琴演唱的歌。

　　小雨把胳膊架在窗户上，吹着风，李然拍了拍她，说要送她一个礼物。

　　"什么礼物？"小雨问。

　　他让小雨伸出手，把礼物放在她的手心上。

　　"这是什么？"

　　一只用竹子编的蚂蚱。

第十六章　金子

　　回程后，乐队开始紧锣密鼓制作专辑，管方与殡仪馆沟通，把太平间旁的一间储物室改装改装，做一个录音棚。殡仪馆开了绿灯。

　　管方买了一堆专业设备，从北京请了一个音乐制作人，对他们的素材进行剪辑、编曲，一些地方还需乐队进行补录，有时常忙到深夜，制作人干了一礼拜就跑了，原因是半夜不敢出去上厕所，把膀胱憋出了病。

　　近日，他们的订单也没断过，管方作为经纪人，分析大局后，便推掉了一半业务，为此与殡仪馆争执不休。殡仪馆认为，管方此举是违约行为，他们之间有明确的《劳动合同》。而管方的目光则更长远，他们不可能一辈子做这行，他告诉李然，他们一定要找到人生的第二曲线，只要电子专辑录制完成，有话题性、曝光量，就不愁在音乐平台没有好销量，届时再与殡仪馆解约，自立门户。

　　李然认为，吃水不忘挖井人，这样做有些背信弃义。管方说，人与人之间就是相互利用，如果我们哪天不行了，照样会被解约，不如趁早打算。

李然一切听管方安排，在他的部署下，李然确实挣了不少钱，把债还了一大半。管方是他最信任的朋友，有时也说不清他是否在利用自己，毕竟从前两人有恩怨，害自己坐了几年牢。现在倒也没那么恨了，只得依靠他。他让王得胜办了一张银行卡，让管方定期把小雨那份收入打到卡里，等卡里的钱到了一定数额，专辑也制作完成，他再找王得胜把女儿那笔账算清楚。小雨的人生还长着，总要用到钱，他得为这个孩子的将来做好打算，做师父的也算对得起徒弟了。

吴月婵常来殡仪馆探班，她在社交媒体上为乐队开了一个专栏，跟进报道，文章多次上了当地头条，自己也成了社里的头牌记者。原本是殡仪馆与《宁市生活周刊》的业务合作，如今，倒更像是吴月婵与乐队的合作，少了些利益关系，多了点人情味，她的写作方向也逐渐从对那场案件的抽丝剥茧转移到陈小雨这个孩子的成长过程中来。同时，她也十分好奇李然与陈小雨之间的关系，他们表面上是师徒，实则更像是一对父女。那种情愫，究竟是客观存在，还是她主观臆测，她说不上来，下笔时，也就难以拿捏分寸。

专辑的制作已到尾声阶段，在常态化的高压工作下，乐队成员早已筋疲力尽，一些演出也开始出现走音状况，闹了不少纠纷，这更坚定了管方要做电子专辑的决心，人归根结底是畜力，会累会死，他已着手开始做一些版权登记事宜，只等东风来。

这日，成员们演出归来，已近傍晚。李然将陈小雨送回家，小雨叫起妈妈，开门的却是一个男人。他穿着一件皮夹克，身材瘦瘦高高，留着寸头，额头有道疤。男人迟疑了一下，上下打量着李然，直到王得胜跟跄着走过来把门拉开，他才恢复自然。

王得胜有些慌张，她向男人介绍："这是小雨的老师，他叫李然。"

王得胜停了一会儿，又向李然介绍："他是我丈夫，宋山明。"

宋山明把眼神从李然身上移到陈小雨身上："你就是我的女儿啊！来，爸爸抱一下。"他的眉宇一下舒展开，走上前将小雨从李然旁边抱了起来。李然下意识想拉，又把手收了回来。

"小雨啊，我是爸爸呀，你都这么大了。"宋山明没经小雨同意，就在她脸上亲了几口，扎得小雨把脸躲开，"来，你也亲爸爸一个。"

小雨对这个突然出现的爸爸有些惊慌，在她的印象中，自己的爸爸已经死了。宋山明与王得胜再婚时，小雨才三岁多，她对宋山明的印象大多建立在王得胜对他的诅咒之中。

李然仔细看了看王得胜，她压低着脸，脸上有块瘀青，双手护着小雨。宋山明的力气大，动作没轻重，尤其将小雨搂紧的样，快让她喘不过气来。

李然不做打扰，向王得胜告辞："小雨我送到了，我先走了。有些事，我改天再跟你说。"

小雨的一只手在李然的袖子上揪了一下："李然，你要走了吗？"

第十六章 金子

"嗯，我下回再来看你。"

小雨并不希望李然离开，孩子有时和猫一样，天生就有异于常人的戒备心。

回去的路上，李然一直在想王得胜脸上的伤，还有她那双充满秘密的眼睛，这多少让他有些担心母女俩的安危。清官难断家务事，他奉劝自己别多管闲事。

那晚，小雨躲在屋里不见宋山明，宋山明的嗓门很大，跟公鸡似的，整间屋子里就他一人在"打鸣"。王得胜不吭声，给宋山明做夜宵，已经晚上九点，宋山明让她下楼去买酒，说两人久别重逢，要好好喝一杯，庆祝一家团聚。

王得胜依着他，买来酒，给他倒上，自己不喝。宋山明六两下肚，人醉醺醺的，东倒西歪，嘴里冒胡话。就在小雨要睡觉时，他推开小雨房门，在房间里转来转去，然后一下就躺在小雨床上，嘴里念念有词："小雨，今天见到爸爸开心吗？爸爸这些年好想你。"说完，他闭了会儿眼睛。

小雨什么话也没回应，就缩在墙角，见宋山明不动了，用脚跟踢了一下他的头。宋山明跟诈尸似的，又站起来，说要带小雨出门玩，给她买玩具，小雨不同意，他一把将小雨抱了起来，强行要带她出门。

王得胜上前拦住这醉汉，生怕宋山明把女儿摔了。"大半夜的，你带我孩子去哪儿？"

宋山明推了把王得胜，自己脚盘不稳，往后倒了两步，身体又跟灌了沙子的鸡蛋壳似的，重心回正。"王得胜，你——别拦着我，我给女儿买玩具去。"

"宋山明——"王得胜喊魂似的把宋山明喊住，冲上去要把女儿抢回来，"你不要碰我女儿——"

"你女儿？呵——你把我当什么了？我是你男人，这也是我女儿，你放心，我清醒得很。"话刚说完，他自己绊了自己一脚，差点把小雨的头栽到地上。

小雨受到惊吓哭起来，一直喊妈妈，这男人身上的酒味熏得她要吐出来。宋山明索性把小雨扛在肩上，晃晃悠悠地要背出门去。

"宋山明，我再警告你一次，把我女儿放下来，不然我就报警了。"

"报警？你报警去吧，你看看哪条法律能治我？你去打听打听，我宋山明什么时候怕过？"

"我警告你，快给我放下来——"王得胜抄起一张凳子，往地上一摔，摔断一条凳子腿。

宋山明受了一惊，怒冲冲走回卧室，把小雨往床上一扔，接着歪歪扭扭冲着王得胜一巴掌扇过去，没扇到，倒差点把自己晃倒。王得胜上前就和他扭打起来，往他膝盖上踹了几脚，又用指甲在他脸上抓出几道痕。

"你他×属猫的呀？"

宋山明气急败坏，走到客厅提了一把菜刀，咚地一下砍到桌角上。他坐下来，指着王得胜威胁道："你今天是要跟我好好谈，还是要放点血？"

王得胜赶紧把小雨的卧室门关上，用钥匙锁起来，走到窗边，把钥匙往窗外一丢。

"你要谈什么？"

宋山明思路清晰起来，舌头也不打结了。他刚要说话，打了个嗝，捋了捋，又接着说："我看到新闻了，小雨现在是个小歌唱家，不愧是我女儿，有出息，不像我儿子，惹那么大的事，尽给我丢脸。"

"小雨不是你女儿，她是我女儿，宋山明你清醒点。"

"小雨她就是我女儿，你要不介意，咱俩再生一个自己的。你跟我生，孩子肯定不会瞎。"宋山明道。

"我孩子好好的，她瞎不瞎跟你没关系，我会养她。你有什么话快说，说完就马上走。"

"王得胜你态度能不能好点？我也不跟你拐弯抹角。"宋山明掏出一盒烟，打开盖，盒子里一根烟也没有，他把烟盒撕烂，往地上一扔。他接着问王得胜："你现在手头还有多少钱？小雨也帮你挣了不少吧？你告诉我。"

"钱？又是钱？我是欠你的吗？"王得胜在水泥地上来回踱步，她早料到宋山明为钱而来，只怪债主不够心狠手辣，没把他弄死。她的目光不由自主地盯向那把菜刀，脑子里闪过将宋山明杀死的快感。

"你快说，你还有多少钱？"

"我没钱。"王得胜指了指这屋子的锅碗瓢盆，"我们母女过得怎么样你今天不是看到了吗？"

"少装蒜，你有钱，我知道，咱们可以去银行里查。咱俩没离婚，那都是夫妻共同财产，我有权利拿走一半。"

"你还想拿走一半？"王得胜恨得差点抢过菜刀把他砍了，大不了同归于尽，转念一想女儿，她又软下来，没轻举妄动。

宋山明话锋一转，开始打感情牌："你知道我这些年在外面过得有多苦吗？有家也不能回，兄弟又看不起我，抢了我的屋子，这些你都清楚。你说说，除了你之外，还有谁能帮我？咱俩办过席，睡过觉，一日夫妻百日恩，你就帮我一下嘛！"

"这回你又欠了多少？"

"你别管我欠了多少，你给我这个数。"宋山明伸出了三个手指头。

"三万？"

"三十万。"

"宋山明，你去死吧，我烧给你。"

"我活得好好的，等我死了你再烧，现在我就要现金，急用。"

"你问你妈去拿吧。"

"她不认我这个儿子了。"

"那你去抢，别来抢我，我已经被你害得够惨了。我有女儿要养，你儿子这些年也是我养的，我一个女人容易吗？你给过一分钱吗？我没来找你算账就不错了，你快走吧。"

"我不拿到钱不会走。要是凑不出来，我命就没了。"

"你是死是活我不关心，我早就当你死了，你儿子也当你死了。要不是当年糊涂，我怎么会嫁给你？"

"你就当借我的，我回头还你。"

第十六章 金子　179

"你上次拿走我的钱什么时候还？下辈子吗？那是我前夫的死亡赔偿金。"

"他都死了，要钱有什么用？"

王得胜没控制住自己，上前就跟宋山明掰起来，反被宋山明压倒在地。

"好呀，你们一个个都跟我作对是吧？"宋山明见王得胜油盐不进，用膝盖压着王得胜的背，一手揪着她的手，一手握拳朝她脸上挥，王得胜挨了几拳，眼骨被打肿了一块。她不发狠，也不叫喊，就那样受着，怕吓着屋里的女儿。那一刻她心如死灰，躺在地上，冷冷地说了句："宋山明，你今天把我打死吧，我求你。"

宋山明见状，松开她。他脑子有点乱，也不知怎么的，自己下了这么重的手。"你起来，别演了。"

他从冰箱里拿出一罐啤酒，拉开拉环，盯着王得胜，坐着喝起来。啤酒没喝完，他就把啤酒罐往墙上一砸。"你最好把钱给我准备好，别讨价还价，我下回再来。"

宋山明拿起一件外套，开了门气呼呼走了。走一半发现自己拿的是王得胜的外套，他掏了掏口袋，摸出两张二十元，骂了一声，把衣服丢到地上，把钱装进自己裤兜里。

宋山明走后十分钟，王得胜才站起来。与宋山明四年不见，一见面就是一场搏斗，从前他是无赖，现在变畜生了，下回可能就要杀人放火。她不会给他一分钱，除非她死，那是女儿的钱，女儿下半辈子得指望这笔钱。

她走进厕所，整理一番仪容，拿着一个手电，披着外套下楼。

找着钥匙后，又上楼开了卧室门。

小雨抱着大提琴，她什么都听到了，王得胜上前抱了抱她。

小雨问王得胜："妈妈你疼不疼？"

"妈妈不疼。"王得胜说，"妈妈把他打跑了。"

"他还会来吗？"

"他再敢来，妈妈就变成孙悟空，三打白骨精，把他打得魂飞魄散。"

陈小雨不信王得胜的话，她知道妈妈受伤了，酸着鼻子说："妈妈，我们离开这个家吧，我们俩一起走。"

"你不学音乐了吗？"王得胜问。

"我不学了。妈妈，没有什么比你重要。"小雨把脸埋在王得胜怀里。

王得胜的泪顺着皱纹流下，她用长满茧子的手擦了擦泪，说："妈妈已经说了，我们哪儿也不走。你相信妈妈，妈妈会保护你，直到有一天你能自己保护自己。"她托起女儿的脸,用大拇指抚摸小雨的脸蛋，也给她擦去泪。

那晚，陈小雨怎么也睡不着，她跟妈妈说其实她很爱音乐，因为音乐让她忘记很多烦恼，有时好像能带她走进另外一个世界。王得胜说，要不是自己没天分，她也要学音乐，能好好看一看女儿所说的那个世界究竟是什么样的。

"妈妈，你再给我讲个故事吧。"小雨说。

"好。"

王得胜开始讲一个故事：

第十六章 金子

从前有一个小王子，国王去世后给他留下了一座金山。他觉得自己除了金山什么都没有，于是决定用这座金山去买那些他从未得到的东西。王国里来了很多人想要跟他做这笔生意。他用金子向一个说故事的人买了一个天下最好的故事，他向一个歌唱家买了一首天下最好听的歌曲，他向一个画家买了一幅天下最好的画，他向一个园艺师买了一盆世间最美的花……最后，他只剩下一块金子了。他用这块金子向一个哲学家买了一个哲理：面对贪婪的人，你永远不要奢求自己能向他换取真正有价值的东西。你要守住自己的底线，给自己留下最后一块属于自己的金子。说完，小王子已经花掉了最后一块金子，哲学家的哲理也应验了。

王得胜告诉女儿，妈妈就是那个王子，我不应该没有底线地用金子去换取安宁。现在，我还剩下最后一块金子，那块金子就是你，无论如何妈妈都要守护你。

第十七章　暴雨

李然送完陈小雨后，独自一人坐在公园的秋千上。一对刚下班的青年男女在路边争吵，他们穿着蓝色的涤纶工作服，一会儿歇斯底里，相互谩骂，一会儿互相推搡，又抱在一起哭，最后手牵手离开。

毫无疑问，人是一种复杂的动物。

想着想着，李然有些心慌，这个莫名其妙出现的宋山明，还有王得胜脸上的伤，让他觉得这个男人不是什么善茬，他从未听母女俩谈起过他过往的事迹，好似他在她们的生活中从不存在，尤其在他抱小雨的时候，小雨一直揪着自己的衣服，对那个父亲有一种强烈的排斥感。

李然猜测着今晚可能会发生的各种状况，生怕小雨有个什么三长两短。之后他又折回去，站在王得胜家楼下，站了半小时，见屋里的灯关了才离开。

殡仪馆的工作告一段落，李然和王得胜约了个时间，他再度上门为陈小雨授课。

整堂课上，小雨心不在焉，一些简单的和弦错了一次又一次，李然怎么骂她都无动于衷。下课后,她索性坐到床上,拿着那只竹蚂蚱,在手里转来转去。

李然关上门,走到客厅。王得胜憔悴极了,脸上的旧伤未愈,又添新伤。她拿起一壶烧开的热水,给李然泡了一杯茶,自己也倒了一杯。她向李然询问这段时间他与小雨的相处情况。

"都挺好。"李然向王得胜强调,"她端得起这碗饭,你放心。钱都收到了吧?"

"收到了,谢谢,你帮了我们母女大忙。"

"没有她我们也成不了。"

两人沉默了一会儿。

"他今天还会回来。"王得胜双手捧着杯子,这陶瓷杯的温度李然握五秒就觉得烫手,她的手却一直没移开过。

"谁?你丈夫吗?"

"嗯。"

"你脸上的伤,他弄的?"

王得胜苦笑,那些伤痕在她的笑容中张牙舞爪。"他已经离开这个家很多年了,我们都以为他死了,我也希望他死了。昨天他又从坟里爬出来,敲了家里的门。我看到他那一刻,就跟见了鬼一样。"

"他以前怎么走的?为什么抛下你们母女?"李然趁此机会,向王得胜打探起那个男人的底细。

"他不是我的第一任丈夫,第一任丈夫死了,我跟他是再婚,小雨也不是他亲生女儿,宋小彪是他跟他前妻生的儿子,这些年一直是我在抚养。我们再婚后没多久，他就跑了，他嗜赌如命，欠了很多债，这里很多人要他的命，但他的命很硬，这些年东躲西藏，也不知道藏在哪里。前些日子他看到新闻，盯上了小雨的钱，过来要钱的。"

"你给他了吗？"

"没有，小雨的钱我一分也不会动。"

"所以他就打了你？为什么不报警？"

"报警有用吗？最后换来的只是变本加厉的折磨，我的命改不了了。在这片厂区，不止一个像我这样的女人，有个女工被她丈夫打进了医院，警察来了，两夫妻和解，大事化小，小事化了，然后这样的事情又反复发生，我听到了太多太多。女人有时候在男人眼中像个工具，像个奴隶，她们可以不仰仗男人，但又受到男人控制、剥削。我前夫死于一场矿难，赔了四十万，也被他拿走了。我甚至怀疑他跟我结婚，就是盯上了我这笔钱，从头到尾，他一直在骗我，算计我。要是这笔钱还在，我们母女的日子不会这么苦，我们完全可以重新开始。你说这是为什么？真的是命吗？"

李然回答不上来，他自己也做了太多对不起家庭的事，他对不起陈雯，对不起死去的女儿。他的忏悔毫无作用，说到底，还是为自己求个心安理得。他无法宽恕王得胜犯下的罪，她手上沾过他女儿的血，可看到她的遭遇，他似乎也逐渐拨开迷雾，发现了她身上可怜的一面。

我女儿的死究竟是什么造成的？是那个男孩误杀了她，是王得胜害了她，还是那些隐藏在我们身后看不见的罪恶？李然陷入了深深的思索。

他回到自己家，走进厕所，打开镜柜拿出一个药瓶，往嘴里塞了一把药片。自来水停了，家里四处没水，于是他又走进厕所，掀开马桶盖，双手舀着马桶里的水，往嘴里灌了两口，把药片吞下去。

他看着镜子里狼狈的自己，脑子里自言自语：我不是一直想复仇吗？我不是恨她入骨吗？看到她受折磨，我应该高兴才对，为什么我这么痛苦？为什么我总是与这对母女有这么深的羁绊？这个女人身上和我有太多的共同点，我们都在苟且偷生，却又渴望从这片暗无天日的深渊逃出去。

药物在他的神经末梢分解，但他一点也镇定不下来。

接下来半个月，他都没有去给小雨上课。王得胜给他发了一条短信，她说最近有许多事要处理，具体上课时间，她会再通知李然。

管方给李然打电话，一直没通，好几场白事他都缺席了，殡仪馆给他下了违约通知，搞得他焦头烂额。电话打到第二十个终于通了，管方在那头直接破口大骂："李然，你他×直接来参加我的白事吧。"

李然挂了电话，把自己收拾一番，去管方家登门致歉。

两人一照面，管方指着李然的鼻子劈头盖脸一顿骂："我恨不得像当年一样把你换了，你这人从始至终就是个不稳定因素，随时会暴雷。李然，你是个成年人了，别那么情绪化好不好？我的命也是命，字都是我签的，人家算账都算我的。"

"不好意思啊，我最近状态不好。"

"你这半辈子状态就没好过，你有没有去看心理医生啊？"

"没看过。"

"好。"管方拖了一张凳子，四只脚往地上一敲，坐在李然面前，"现在我来给你看，你给我好好说说，你到底怎么了？"

"那个女人……"

"哪个女人？"

"王得胜。"

"她怎么了？"

"她丈夫回来了。"

"捉奸了？"

"你是不是有病？"

"那你快说怎么回事？"

"我见到她的时候，她整张脸不成样了。"

"哦……家庭暴力？"

"她丈夫欠了很多债，现在追着母女要钱，不给钱就动手，耍手段，拿孩子做要挟。我跟王得胜聊了聊，她有挺多悲惨遭遇，又可怜又可恨，活得像一只阴沟里的老鼠。"

"你不是一直想报复她吗？"

"现在的情况跟我想的完全不一样，我是想报复她，但报复只会滋生更多仇恨，我要得到的，是那种公正的裁决，她只需要为自己的罪行负责。"

"所以，一码归一码，你想救她。"管方一语中的。

"没有。"李然不想承认，他怀疑是自己的精神出了严重问题。

"你还在担心那个女孩吧？你骗不了我的。有时候我看你们俩真像一对父女。小雨虽年纪小，但是她懂的一点不少，她在乎你，你也在乎她。这孩子对你影响挺大，你以为你在帮她，其实你是依赖她。"

"你想说什么？"

"李然，你很害怕。"

"我怕什么？"

"你怕面对自己的真情实感，这会让你在那件事上无法心安理得。你是什么样的人我太清楚了，又混账，又有点慈悲。告诉她们真相吧，这事瞒不住的。"

"可我的计划还没成功。"

"那你想怎么样？把王得胜送进监狱？让那个男人做陈小雨的监护人？她会受到虐待，这辈子就完了，别告诉我你一点都不在乎。"

"每个人有每个人的命。我要是一直为她们考虑，我对得起我女儿吗？"

"别张口闭口就是你女儿，小雨的命就不是命吗？她也是个孩子，是无辜的，你不该骗她。去告诉她们你是谁，别做鬼了，到太阳下面去，不会让你灰飞烟灭。"管方站起来，拉开窗帘，让光照进来。

太阳没了，屋外下起了大雨。

"我得走了。"

李然结束"诊断"，他冲到雨中，任凭雨水将全身浸湿。路上的水洼越积越深，他低下头，想照照自己究竟是人是鬼，它映射着他的肆意、暴戾、软弱、迟疑、惊慌，千般面孔在雨珠一次又一次的敲击中，来回变换，面目全非。

他时而沉默着，时而在雨中呼喊着，真希望自己就消融在这场暴烈的雨水中。

第十八章　蚂蚱

　　李然仿佛走到了命运的十字路口，无法预知自己的走向。他确信命运是偶然的却又是必然的，无论做何选择，有且只有一条轨迹，毫无规律，无从推倒，它把人卡在此时此刻，迫使你拖着病痛的肉体，驮着悲喜交织的灵魂朝着那个深不见底的洞穴走进去。

　　走着走着，他那即将被雨水溶解的身体又显现一种刚毅的轮廓。路口的信号灯瘫痪，车辆与撑着伞的行人在交会处堵塞。他挤进人群与汽车引擎盖的缝隙中，朝着王得胜家的方向跑去。他跑起来的姿态十分狼狈，骨骼却如钢筋，在疾风骤雨中稳稳地撑住了那张单薄的皮囊。

　　李然来到王得胜家，定了会儿神，接着叩门。王得胜开了门，见李然浑身湿透站在门口，喘着气，水珠不停从额头顺着下巴滴下，脖颈处散着一股水雾。

　　"我想单独跟小雨见一面。"李然盯着王得胜的眼睛，没回避。

　　王得胜忧悒的脸孔漾出一丝笑容，她把门拉开，让李然自己进去。

　　李然进门后拉开小雨卧室的房门。陈小雨坐在床角，她的头发被剃光了，脑袋上留着一撮撮长短不一的发茬。宋山明昨天又来过了，他趁王得胜离家，找人开锁进了屋，他知道女儿是王得胜的命门，只要掐住她的命门，她总有一天会就范。他剃了小雨的头，等于下了一个威胁。

李然不愿触碰孩子的伤口，只是问了一声："怎么不练琴了？"

小雨听到李然的声音，连忙从床上爬下来，赤着脚扑到他身上，他身上全是水。

她向李然讲述了这几天她们的遭遇，讲着讲着就哭起来。李然什么安慰的话也没说，就只是把她抱着，让她发泄。

小雨把脸埋进他胸口，她听见了他的心跳，有种莫名的安全感。倏然间，小雨说："李然，你要是我爸爸就好了。"

李然的心脏仿佛被一只温柔的手轻轻捏了一下。

"小雨，我没你想的那么好，我也犯过很多错，不然我妻子也不会离开我。"

"李然，是不是因为我是瞎的，你不想要一个瞎子当你女儿？"小雨带着哭腔。

"嘘——这些话可不能对别人说。父女之间光有爱是不行的，还必须有责任，我负不了这个责。你是个好孩子，如果有一天，你发现我……"李然突然哽住，"如果你发现我没你想的那么好，甚至做了什么伤害你的事，你会原谅我吗？"

"你不会伤害我。"小雨把他抱得更紧了。

"小雨，你要是真了解我，你不会喜欢我。可能我是一只野兽，在这个社会里，这样的野兽有很多，只是他们中的一部分十分善于伪装。"

小雨不明白李然在说什么,什么野兽?是不是因为他已经有一个女儿了,心里就不可能再装下另一个小孩?

"对不起,你别生气。"李然向小雨道歉。

小雨走到书桌前,打开抽屉,拿出了那只李然送给她的蚂蚱,她摸着蚂蚱说:"妈妈说,蚂蚱会吃掉粮食,是害虫,你为什么送我一只蚂蚱呢?"

李然想起了父亲曾对他说的话,他把这个解释又说给小雨听:"蚂蚱是一种生命力很强的昆虫,无论受到什么打击,它们永远能活下去。"

"我们都是蚂蚱吗?"

"对,我们都是蚂蚱。"

李然下定决心要救这个孩子,无论付出什么代价。他已经失去了女儿,不能再让小雨受到任何伤害,这是命运对他的第二次考验,人一旦沉溺在软弱中,便会一直对命运磕头跪拜。

他从王得胜家离开后,电话联系了吴月婵,约她在闹市区见面。他们见面后,李然把事情原委告知吴月婵,希望吴月婵能帮他一起解决宋山明的问题。吴月婵告诉李然,她早已在调查宋山明,这人失踪了好几年,她一度以为王得胜把他谋杀了。她一直在想,怎样才能找到宋山明,活要见人,死要见尸嘛,没想到自己一篇报道就把他引出来了,这些错综复杂的人与事,好像在这个时刻都慢慢浮出水面。

之后，吴月婵联系上老同学秦汉，他目前在宁市一家律师事务所工作，打过上百起离婚官司，李然与她一同来到了律师事务所，向他说明王得胜的情况。

秦汉分析了一下，他告诉李然，现在最要紧的事情就是收集证据，王得胜必须尽快去做一个伤情鉴定。"这件事情，还有目击者吗？"他问李然。

"有，她女儿，不过……"

"不过什么？"

"她是个盲人。"李然有点担心盲人的证词是否能起到作用。

"没问题的，这样一来，人证物证都有。"秦汉说，"一般的离婚官司，只要有一方不同意，法院就会驳回，六个月后再审。不过她们的案件比较特殊，男方有重大过错，且涉嫌暴力，或许可以很快宣判。但最好的处理方式是双方协议离婚，这样最快。"

"好，我明白了。"

离开事务所后，李然坐车来到王得胜工作的超市。李然称自己是王得胜家属，向店员打听王得胜的下落，店员说王得胜就在冷冻库里点货。李然推开冷冻室门，王得胜正把一大袋冻肉从肩膀卸到推车上。她见到李然，惊诧了一下，于是脱下手套。

"王得胜，我们谈谈吧。"李然说。

随后，王得胜与李然走出冷冻室，他们沿着超市外的铁皮楼梯，走到二楼一间小储藏室内。

李然告诉王得胜，他想帮她跟宋山明解除婚姻关系。王得胜听后，表现得非常不安。"这婚离不了，他不会放过我们的。"她说。

"如果你想让你女儿过正常的生活，就听我安排。"李然递给她一张名片，"你如果想通了，就联系这个律师，按照他的要求，把材料准备一下。"

"我考虑一下。"王得胜捏着手中的名片，思索了一会儿，"我得去工作了，早做完早下班，我们领班看到我人不在，又要扣我绩效了。"

"好。"

李然走后，王得胜回到冷冻库，她的肩扭伤了，让同事帮她贴了一张伤筋膏药，便继续搬货。

晚上八点，李然手机响了，是王得胜打来的电话。接通后，对面的声音不是王得胜，而是宋山明。

宋山明向李然警告："李然是吧？你跟我女人什么关系？情夫吗？我早料到你们有一腿。我告诉你，我不会离婚，你要是再敢把主意打到我身上来，看我怎么收拾你们这对狗男女。"

挂完电话后，李然在阳台上点一根烟，心情烦闷，雨后氤氲的水汽将眼前的宿舍楼包围，宛如一座雾都。

这时，他手机又传来了一条短信。打开一看，是一张王得胜被抓着头发，按在墙上的照片。

"混账！"

李然将带着火星的烟头捏在手里，烟丝在他的指纹中被捏碎。随后，他把这张照片发给吴月婵，吴月婵让他这时候千万要冷静，保存好照片，日后也能成为证据。这一关，王得胜必须要过。

李然一晚上没睡好觉。"你要是我的爸爸就好了。"小雨的声音一直在他脑子里转，他一闭眼，就能看见她那双恐惧又无助的双眼。

三天后，吴月婵向李然发来消息，宋山明的底细她又去摸了一遍。他前几年去过缅北，和一些同伙从事诈骗，组织卖淫。后云南公安局联合缅甸政府把其中一处窝点端了，宋山明在云南坐了三年牢。

李然找到了宋山明的把柄，他给宋山明去了电话："宋山明，你的底细我一清二楚，你的关系组织网还在吧？我朋友父亲是公安局刑侦队长，她又是一个记者，正准备给你写一篇报道。听说你在这儿的仇家挺多，我们要对付你，完全不用自己动手。"

"你到底想怎么样？"宋山明正与几个哥们儿在聚餐，他一把将夜市的桌板掀翻。

"跟王得胜离婚。你不放过她们母女，我就不放过你。"

"你说你是不是跟她有一腿？非要管我家闲事。老子好不容易出来，你又给我下套。"

"你自己看着办，你要是再敢动手，咱们就没有商量的余地了。"

李然挂了电话。

出乎意料的是，宋山明也盯上了李然。那日李然去了殡仪馆，宋山明带着一伙人闯进来，将李然围起来一顿殴打。李然没有还手之力，整个人蜷成一团，他们打得越来越狠，血液从他的额角和鼻腔流了出来。从头到尾，他都没有一声叫喊，反而觉得痛快，时不时会笑出声。这更惹怒了宋山明，他抓住李然的头发，用膝

第十八章 蚂蚱 195

盖朝他的下巴处重重一磕，这一膝盖下去，李然差点晕死过去。宋山明揪住李然的衣领，对他警告着什么，李然的耳朵一阵嗡鸣，什么也听不清。

李然抬起胳膊，用手掌托住宋山明的后脖颈，让他再靠近一些。他带着一阵讥讽的笑声说："你看吧，你又让我抓到把柄了，故意伤人罪，你跑不了了。"

"操！"宋山明在李然脸上啐了一口唾沫，带着一行人慌慌张张跑了。

李然躺在地上一动不动，全身上下的骨头快散了，殡仪馆经理马上要打电话报警，李然制止了他。于是，经理联系了管方和救护车，几个医务人员赶到后，把李然抬到了担架上，送往医院。

李然在担架上晕了过去，一闭上眼，他看见小雨手里的那只蚂蚱飞上了天，振翅的气流声在耳边回旋着。

小雨一人在房间里拉起大提琴，窗外是孩子们的吵闹声。她关上窗，继续拉琴。

王得胜提早回来了。她给小雨穿上保暖外套，翻出一双棉鞋，急急忙忙要带小雨去医院。小雨问妈妈发生什么事了，王得胜说："李然出事了。"小雨听了，后脚跟还没踩进鞋子里就急着要跑出去。

母女俩到医院的时候，李然已经醒了，他伤得有点重，说话有气无力。管方在病房一边来回走，一边数落李然："为什么不报警？你是要把命搭进去吗？"

陈小雨和王得胜进门后,大家不吭声了。王得胜拉着小雨走到李然病床前,小雨找到了他的手,将它握紧。

"你怎么来了?"李然瞥了管方一眼,"我不是说了,别告诉她?"

管方回了一句:"谁知道你会不会死?不用给你临终关怀啊?"

"李然——"小雨叫了他一声,把脸埋在他的手上,泪珠热乎乎的,淌进了他的掌纹中。

"哭什么?有什么好哭的?"李然把手抽回来,用大拇指擦了擦她的眼角。

小雨吸了下鼻涕:"李然,要不是为了帮我们,你也不会受伤的,妈妈什么都跟我说了。"

李然拍了下小雨的头,精神了起来:"我可是从石头缝里蹦出来的,七十二变,钢筋铁骨,腾云驾雾,什么妖魔鬼怪我对付不了?等我把它们全收拾了,你就可以安心学音乐。等你长大了,你保护我,好不好?"

小雨对他笑了一下:"嗯——"

李然看着小雨的笑,就像服了一剂疗伤的灵药。他把心里一直想跟小雨说的,一并说出了口:"你那天对我说,说我是你爸爸就好了,其实我听了很高兴。都说小孩的话不能当真,他们很会撒谎,但我相信你,我知道这世界上有个人是真正在乎我的。我回想起自己的成长经历,其实有许许多多的遗憾,大人们总想把自己缺失的,弥补在孩子身上,实质上也是一种自私的行为。童年是快乐的,但也少不了泪水、伤感,以及要面对各种无可奈何的事情。我们每个人都是独立的个体,有自我的思想、自我的方向,一些方面,我可以给你一些引导,另一些方面,你总要独自去面对。所以,我更喜欢我们以朋友的身份相处,更加平等,更加坦率地面对彼此。这辈子啊,我没缘分做你爸爸,但是我听有些人说,人会有来生。如果有那天,也许我们真的可以做一对父女。"

小雨用力握着李然的手,那种力量从她的手心一直传到了李然的心脏。李然感觉到那个小小的生命,正把她所有的力量给自己。陈小雨就是陈小雨,她不是莫妮卡的影子,之所以有时候分不清,那是因为她们都是他心底最柔弱的一部分。

这时,护士走进病房,要为李然抽血,再换一些药。王得胜将小雨带出病房,她告诉女儿她的决定:"小雨,妈妈决定跟他离婚,我们重新生活。如果打官司,你要作为证人出席,向法官说明情况,你的证词很关键,你能保护妈妈吗?"

"嗯。我们一定能赢。"母女俩击了个掌。

之后,王得胜带着小雨去医院食堂吃了午餐,做了伤情鉴定,等到鉴定报告后,她带着小雨回家收拾行李,搬到一间旅馆。母女俩一起洗了个澡,洗完澡,王得胜把女儿抱到床上,打开电视,找了一个正在放动画片的频道。

陈小雨没心思听动画,就听王得胜在浴室给宋山明打电话。

"离婚诉讼书我马上拟好,法院的传票会寄到家里。""你不要问我在哪里,你找不到我的,咱们法院见就可以了。""不要用这种口气威胁我,我和李然都没报警,已经给你留了情面,你要再这样下去,我们就报警抓你。""你想想,你有多少把柄在我这儿？一旦公安调查起来，你会坐牢的。"

王得胜从浴室出来，把电视关了，跟小雨钻进被窝里。

"妈妈，他会找到我们吗？"小雨问。

"不会的。我们不是躲起来了，而是保存实力。妈妈和李然会对付他。等他走了，我们就回家。"

"我们会赢的，对吧？"

"当然，从前妈妈觉得我在保护你，现在妈妈不这么觉得了，妈妈觉得你长大了，你也可以保护我。天大的事情，咱们母女俩一起面对。"

小雨的心安了，团结力量大，就跟唐僧师徒一样，没什么坎过不去。只是她的头发不知道什么时候长出来，看上去会不会很丑，对此小雨有些焦虑。

于是，王得胜又从床上起来，用剪刀把自己的头发也剪了。"你摸摸。"

小雨一摸，马上从床上坐了起来："妈妈，你头发怎么没了？"

"母女就是母女呀，我们是一根藤上的瓜。等明年春天，我们又会生根发芽。"

李然在医院休养了三天，没到出院时间便拔了点滴。

他和宋山明约在湖边见面。李然知道宋山明不会轻易就范，除了威逼，还需利诱。他和宋山明达成协议，只要宋山明与王得胜协议离婚，李然一次性补偿宋山明十万元整。先签字，后拿钱。宋山明不太信李然，但自己眼下也没得选，他急需这笔钱，老大

第十八章　蚂蚱　199

哥还在背后盯着他，否则自己的命要完。好汉不吃眼前亏，他警告李然要是骗他，他就拉李然当垫背。

宋山明当着李然的面给王得胜打了电话，表示愿意协议离婚，不走官司。王得胜很意外，宋山明也没跟她提任何条件，若能协议离婚，那自然最好，就怕他又在打什么鬼算盘。王得胜口头答应宋山明，也不追究他责任，否则这事没完没了。

通完话后，李然说他会想办法尽快筹到钱，让宋山明等他消息。两人握了个手，各自离开。

一个月后，王得胜和宋山明去民政局领了离婚证，两人正式离婚。

"以后我不来找你了，咱俩夫妻一场，也是缘尽了，从此大路朝天，各走一边。"宋山明爽快地掏出一根烟给王得胜，王得胜回绝。

"我希望你这次信守诺言。你要是再敢靠近我们母女一步，我王得胜就把命豁出来。"

"好好好——"待王得胜转身走后，宋山明把两根烟都塞到嘴里，都点着。

王得胜坐车回到旅馆，把这个消息告诉女儿。母女俩拉着手，在床上跳起舞。跳累了，就躺在床上抱在一起，睡了好长一觉。

当晚，王得胜就带着小雨搬回家。宋山明也没再骚扰她们母女，这鸡飞狗跳的日子总算平静了。

宋山明离开民政局后，与李然在老地方碰头，李然扔给宋山明一个皮包。宋山明拉开皮包拉链，用大拇指蘸了蘸口水，一沓一沓数，钞票一张不少。"我就知道你讲信用，是个男人，要不是因为王得胜，我们能做兄弟。"

"别告诉她们母女，你尽快消失，这也是协议的一部分。"李然不想多费口舌，交完钱他马上离开，不想与宋山明再有任何瓜葛。

宋山明拿到钱后，与老大哥碰头，随后他们启程去了云南，之后再无音讯。半个月后吴德彪收到一条消息，他告诉女儿吴月婵，宋山明找到了，死在澜沧江边。

第十九章　呐喊

　　李然向管方借了一笔钱，没告诉管方用途，乐队与殡仪馆也解约了，又赔了一笔钱。如今，管方赌上了全部身家在这张电子专辑上。电子出版物许可证终于办下，管方召集所有人开会，让大家一起出出主意，给专辑取个名，最后，名字定下来了——《我心遗忘的旋律》。

　　专辑上架一周，总共才卖出两百多张。先前殡葬弦乐队还有些热度，如今风潮一过，没人买账。

　　管方愤愤不平，每晚睡不着觉，他觉得现在的听众既小气，也没审美能力，他得想点什么营销方法，把热度再炒起来。他联系了许多媒体，求广告位，谈来谈去，都是价格不到位。这年头只要有资金，要火什么就火什么。他向穗子借过钱，穗子的父亲因得知女儿去搞殡葬音乐，就把她的卡给停了，还勒令她退出乐队，回公司接班。现在不仅白事接不到单，新大路也被堵死，他到了绝境，再不想出办法来，乐队迟早完蛋。想来想去，他想到了李然。既然周瑜能借到东风，那他便借一场凛冽的西风。

　　管方参照吴月婵先前为乐队做报道的经验，亲自操刀，写了一篇文章，《我心遗忘的旋律——来自一个丧女之父的呐喊》。文章的内容与专辑无关，而是跟乐队成员李然的女儿之死有关。文中用大量篇幅介绍这张专辑的大提琴手，讲述他大半年前女儿的死亡，为祭奠女儿，作此乐章。当时，这场案件在社会上闹得沸沸扬扬，大家都快将这件事忘了，文章又将网民的记忆唤醒，持续发酵，话题热度越高，专辑销量也越高。仅仅三天时间，销量从两百张蹿升到十万张，用户的每一笔付费都像是同情李然而给予的施舍。一张专辑居然借助一场悲剧被推向人们的视野，这荒诞的一笔让管方打了个翻身仗。

李然的伤疤还未愈合，又猝不及防被撕开，还是最好的兄弟亲手撕的。女儿的死成了他的营销手段，而自己被塑造成一个慈父，一个有情有义的落魄艺术家，这让李然产生了极大的心理不适。

自然，他的身份也彻底被揭穿了。

李然陷入恐慌，他已无法阻止这件事情的发酵，他成了新闻焦点，一个人们眼中的完美受害者。人一旦被推到这个位置，你根本无法把自己藏匿起来，也无法让那些人闭嘴。他们表现出来的善意，不过是在拿着放大镜窥视他的伤口，这只会让他无地自容。

他打电话约管方见面，让他把事情交代清楚，而管方却在电话里把责任推得一干二净，美其名曰，打造个人品牌："现在的明星不都有人设吗？这年头已经不流行正能量的人设了，越是悲情，就越能获得关注。况且你有底子，有作品，没什么见不得人的。"

管方表现得风轻云淡，而李然恨不得把他那条舌头拔下来："管方，你这王八蛋少来这套，十多年兄弟，你在背后捅我刀子。"

第十九章　呐喊

管方的情绪也上来了:"什么叫捅刀子?李然,人们都在鼓励你,你别好心当成驴肝肺。别总跟我谈艺术艺术的,这年头谁他×懂艺术?我们需要一场胜利,无论用什么方法,一定要出头。你只关心音乐,但我的工作是把音乐推出去,没有焦点和流量,没人会来听你的音乐。你别忘了,我帮你收拾了多少烂摊子!再说,人都是健忘的,现在新闻满天飞,过一阵子他们就会忘了这件事。你要向前看。"

李然把手机摔了,他受够了管方的诡辩,他早该料到管方什么事都做得出来,曾经背叛自己一次,就会有第二次、第三次。只要能达成目的,他不在乎手段,什么兄弟情,不过是利益关系。

管方料到李然会找自己算账,这人一旦疯起来,说不准也会打断自己三根肋骨。于是他去了海南度假,躲了起来,打算等风波平息了再回来。

李然上门找管方算账,找不着他人影,只得悻然回家。到门口,一摸口袋,钥匙丢了,他对着门狠狠踹了几脚,硬生生把锁踹开了。

进屋后,他拿出大提琴演奏起来,渴望从琴声中得到一丝平静,而情绪却在起伏的弦音中无法安宁。此时,屋外进来一个人,踩着一双湿透的女鞋。他落定弦音,抬头一看,是王得胜。

王得胜环视一番屋子,又把目光移到李然身上。"李然,你到底是谁?"她带着一种审判性的口气。

李然没直接回应,反问她:"你怎么知道我在这儿?"

"新闻我看到了。你是李舒寒的爸爸,现在新闻上都是你的事。"王得胜口气阴冷，宛如地府的冥音，"今天又有人来我家门口烧纸钱，把我女儿吓坏了，我冷静不下来，我今晚必须要见你。"

李然垂下头，把琴弓放到地上："既然你知道我的底细了，有话就直说吧。"

当李然向她证实自己的身份后，王得胜来回走了两步，犹豫着什么，又站定在李然面前，啪地在李然脸上扇了一记耳光。

这一巴掌没打蒙李然，反而把他打清醒了。王得胜不是来向自己忏悔的，而是来问罪的。

"这新闻是你放出来的吧？动员社会来攻击我们母女，让我们藏都藏不了。小雨把你当老师，把你当成最信任的朋友，你在背后使这些手段，处心积虑这么久，就是为这天吧？"

李然没解释，也没否认，他抬起头正视王得胜："是啊，这就是我的目的。我女儿是你们害死的，我不可能让这件事情就这样过去。"

"你想让我们偿命吗？"王得胜瞪着李然，犹如一头母狮，那双眼睛就好似要把他生吞活剥。

"是，我是想过要害你女儿，这样才公平嘛！"李然没有否认有过加害小雨的预谋，也没有向她坦白自己早就撕毁了这场预谋，这一刻，所有解释无足轻重，他们迟早要撕咬。

王得胜把双手按到李然肩上："我早就该想到，没有人会轻易放过我们，你和那些人一样，一直把我们当罪犯。"

李然站起来，俯视王得胜，也向她逼近一步："你帮着你儿子掩盖证据，你不是罪犯是什么？"

王得胜微低下头："这半年来我一直在逃避这件事情，我以为只要时间过去得久，人们就会忘了。我女儿眼睛看不见，但是她比谁都敏感，别人的偏见对她造成的伤害远远大于我。我倒是咎由自取，但她是无辜的。我只想补偿她，让她像个正常孩子一样，可到头来——"

李然打断王得胜，质问她："你们想过正常人的生活？我呢？你想补偿你的女儿，我拿什么来补偿我女儿？"

王得胜没有被李然的气势吓倒，她不是来分谁对不起谁。只要女儿受到威胁，她就要斗到底，斗到死。"这账你要怎么算？我欠你女儿一条命，我还不了。我不会跟你磕头认错。我今天来警告你，你离我女儿远点，你要是敢动她一根头发，我跟你拼命。"

王得胜转身准备走。

"王得胜——"李然大喊一声她的名字。

王得胜没有被震慑住，她又折回来，拿起大提琴，当着李然的面把琴砸了。

琴弦绷断，琴枕也断成两截。

王得胜走后，李然瘫软在地上，抱着一堆碎片，哀号不止。

李然睁着眼躺了两天，一起来就不停地吐，肚子里空空如也，把胆汁都吐了出来，舌根也抽了筋。手机里有十几个未接电话，管方打来的。不久后，吴月婵也给他打了电话，说要找他谈谈，请他务必前去。

他们在湖边碰头，时间已近傍晚，湖面的浮标灯一闪一烁，一个渔民划着木船，用网兜捞湖面上的叶子。

吴月婵拿出一沓文件，这份文件是专辑的销售明细，管方托她带给李然。他看了一眼文件，上面写着一百三十七万多的总销售额，扣除渠道费和税，他可以拿走二十万。另一份是给王得胜的。"是你交给王得胜，还是我帮你转交？"吴月婵问。

"你帮我转交吧。"

"好。"

吴月婵问李然："你接下去有什么打算？"

李然回答不上来，他没什么长远打算，连下一个钟头的打算都没有。

吴月婵说："你的事我知道了，管方都跟我说了。我早觉得这案子有疑点，但说不上有什么不对的地方，没想到王得胜真做了这样的事。意料之外，也在情理之中，这就是人嘛，有善的一面，也有恶的一面。"

"你觉得我该怎么做？"李然问吴月婵。

吴月婵说："我不是警察，查不了案，而且案子也结了，现在没有证据能证明王得胜清理了案发现场。我小时候目睹过一起凶杀案，案子结了，凶手抓了，但案子背后是许多人看不到的隐情，它们真真切切存在，影响着人的行为和心理，最终导致悲剧发生。我一直在观察王得胜一家，也在观察你，我发现你们有个共同点，都有自己的秘密，又都对彼此交托了真心。很多事情是能解释的，但无法从案件的严肃性与公正性上去回答。法律是透明的，没人情的，你跟她们有太多牵扯，这事情就更复杂了。"

"是啊，更复杂了。我跟小雨是师徒，跟王得胜是仇人，她们母女的命是绑在一起的，你说我该怎么办？我起初接近她们母女只是想报仇，结果发现她们比我还可怜。相处日深，王得胜甚至把她的犯案经过都告诉我了。如果我把她送进监狱，我算不算是背叛她们？"

吴月婵说："一面是情感，一面是公正，做什么选择都对，做什么选择也都错。只有小雨是无辜的，她才不到七岁，就经历了这么多事，她需要她的母亲，也需要你这个老师。你们任何一方她都离不开。"

李然说："孩子迟早要面对这件事，成长有它的代价，人永远在成长，在还债，我也一样。我女儿的死是一场意外，但又不是一场意外。我清楚，我也是凶手之一，我一直想赎罪，为女儿讨个公道，现在机会给我了，我却左右为难！吴月婵，你的建议是什么？"

"不好说，我感觉王得胜还有事情瞒着，我们还没有看到事情的全貌，它可能比我们想象的还要复杂。我想再查一查。"

"我是一个糟糕的父亲，女儿活着的时候，我没有尽责，现在女儿走了，我开始穷追不舍。我想要抓住那头鲸，现在我看清楚了，那头鲸是我自己呀。"李然倏然坚定起来，"我想清楚了，王得胜必须付出代价，她逃不了，她是一个母亲，必须要为自己的所作所为负责。"

"你确定吗？"

"我确定。这场官司必须得打，输了我就再上诉。"

"你需要我帮你什么？"

"帮我传个信吧，让她做好准备，我们法庭上见。"

吴月婵与李然分开后，去找王得胜，王得胜不在家，她带着女儿去了江西。吴月婵不知道王得胜心里有什么盘算，是短暂离开，还是一走了之？她有很多问题想问王得胜，关于那件案子，那毒药究竟是用来杀鼠的，还是本就用来杀人的？如果是用来杀人的，她真正要杀的又是谁？

王得胜是个隐藏在雾中的人，她有鸽子的敦厚，亦有蛇的智慧。你无法找到她，只能等她自己走出来。

那日，王得胜带上陈小雨，去了宁市火车站，前往江西弋阳县。小雨问王得胜要带她去做什么，王得胜说，去妈妈的故乡，你舅舅在那里，给你一起过生日。小雨问，能不能邀请李然一起来？王得胜说，李然来不了，路太远了。小雨陷入沉默，先前约定好的，又变卦了，也不知她葫芦里卖的什么药。

弋阳很冷，刚下过一场雪，公交车上没空调，王得胜把女儿的鞋子脱了，把她两只冷冰冰的脚丫子塞到了她的衣服里，再用手捏热。

母女俩一直不说话。车子一颠一颠的，开了半小时，停了，一只轮胎坏了。司机让所有人下车，步行到弋阳县，路不远了。

王得胜给陈小雨套上棉袜，穿上鞋，两人牵着手，走在一条没铺沥青的小道上。

陈小雨一脸愁容，王得胜就把她背起来，想跟她亲昵一会儿，

第十九章　呐喊

小雨对王得胜的举动有些抗拒。

背着背着,王得胜问:"小雨,你觉得李然是个什么样的人?"

"李然是好人啊,他帮了我们这么多忙,还教我大提琴。"小雨心里仍然对王得胜的出尔反尔耿耿于怀。

"好啦,别生气啦。"王得胜又问,"小雨,妈妈想知道一些事。他跟你在一起的时候,做过什么伤害你的事情吗?"

"李然没伤害我呀!妈妈你怎么了?"

"真的吗?"

"有时候他是有点怪,但是他是个善良的人,他说他有个女儿,跟我差不多大,说每次看到我,就会想到她。他一定也很爱她的女儿。"

王得胜有些气恼,她说:"小雨,有时候我们不能轻易地相信别人说的话。"

"妈妈,我不懂你要说什么。"

"小雨啊,妈妈有些事情想跟你商量。"

"什么?"

"妈妈想停掉你的大提琴课。"

"为什么?"小雨在王得胜背上扑腾起来,"为什么要停课?我不同意。"

王得胜安慰道:"妈妈不是不想让你学大提琴了,妈妈只是想给你换一个老师。"

"可我就想让李然当我的老师,妈妈,李然做错了什么,还是我做错了什么事?"

"妈妈想离开宁市,和你舅舅他们一起生活。那里的人不喜欢我们,或许换个环境,我们可以过得轻松一点。"

小雨从王得胜背上跳了下来,快步往前走,甩开王得胜,走了几步她又回过头,冲着王得胜喊:"你上次明明不是这么说的,你说我们不去改变别人的偏见,只需努力改变自己,我们哪里也不去,就做普普通通的人,是不是你说的?"

"小雨,有些事情不是你想的那么简单,人的想法总是在变的,妈妈都是为了你好。"王得胜跟了上去。

小雨跺起脚,又踢又闹:"你们大人总是这样,总是替孩子做决定,然后还对你说'为了你好'。妈妈,我一点也不好,你不是第一次这样了。"

"你不相信妈妈了吗?"

"妈妈,现在没有人会害我们了,为什么要离开?"

王得胜上去拉女儿的手,又被她甩开,她又拉紧她的手,蹲下身,摸小雨的脸,口气严肃:"小雨,如果有一天妈妈走了,留下你一个人,你能好好过吗?"

"你到底怎么了?"陈小雨快要哭了。

"好了好了,咱们不提这个了。"王得胜安抚起小雨的情绪,但小雨不吃她这套。

母女俩走到了弋阳县的粮油站,王有福来接母女俩,手上拿着个拨浪鼓,见着小雨,把拨浪鼓送给她,咚咚咚转了几圈,小雨兴趣索然,把拨浪鼓给了王得胜。她对舅舅很陌生,只知道是一个腿上有残疾的农民,种了几亩玉米地。

王得胜让小雨快叫舅舅。"舅舅。"小雨小声叫道。王得胜告诉小雨，王有福就是她小时候的宋小彪，他们曾一起生活在这里。逢年过节，镇上都会搭戏台，她小时候就经常跟着王有福一起去听弋阳腔。说完，王得胜还唱了两句弋阳腔。王有福和了两句。两人一路上想逗孩子开心，小雨听着听着，就捂起耳朵。

王有福的妻子准备了晚饭，三人到家时，晚饭已经做好。她杀了只鸡，把鸡肝鸡胗挑出来，放点盐巴蒸熟，给小雨吃。小雨一点东西也吃不下，王有福问她是不是做的菜不合胃口。

王得胜说："她呀，一去陌生的地方就不太习惯。"

"哦，是这样啊，那你多待几天，慢慢就熟了。"王有福说。

吃完饭后，小雨坐在一张竹椅上，王有福给她抱来了一只兔子，让她摸摸它。它有一对长耳朵，也不乱跑，就在她的腿上安安静静趴着。

小雨一边摸着兔子，一边偷听王有福和妈妈在隔壁房说话。

"你说的那个学校可靠吗？"

"放心吧，没问题的，很多盲人小孩都在那里上学。她也不小了，应该要去学校接受正规教育了。"

"她的脾气不小啊，我就怕她不想去学校。"王得胜刻意把声音压低。

"哎呀，这个你就别操心了，总要有个适应的过程，我已经跟那边的老师打过招呼了，学校会照料好的，而且这不还有我嘛！"

小雨什么都听到了，他们正在商量把她"卖"到残疾人学校去。她一点也不想去学校，宋小彪说学校就像看守所，没自由，还不让人说话。她整张脸气鼓鼓的，一下把兔子拍到地上。兔子逃走了。

王有福跛着脚上前抓住兔子，揪住兔耳朵，提起来，拍了拍兔头，骂它不听话，要把它做成红烧兔肉给小雨吃。小雨听了没反应，大人的把戏她看多了，哄孩子的伎俩。

王得胜领着小雨上楼，再从楼下接了一盆热水，端上楼，给女儿洗漱，洗漱完，两人钻进一个被窝里。

王得胜在帐子外摸了摸，摸到一根线，往下一拉，灯就关了。弋阳县到晚上八点就没一点声音。王得胜贴着女儿的后背，把她往怀里拱了拱："小雨，今天你七岁生日，你有什么愿望，跟妈妈说一下。"

小雨起初没搭理王得胜，想了会儿，就提了个要求："妈妈，我想给李然打个电话。"

"都这么晚了，不打了。"王得胜翻了个身，背对着女儿。

"妈妈，今天是我的生日。"小雨用手推了推王得胜的背脊，她的脊椎骨就像一条蛇盘在皮肉之中。

王得胜无可奈何，又去摸帐子外的电线，灯一开，她从包里拿出手机，拨通李然的电话。"给，你自己跟他说吧。"

小雨捧过手机。

"喂，是李然吗？"

"小雨？"

"李然，今天是我生日，你还记得吗？"

"嗯，我记得，生日快乐啊。"

第十九章 呐喊

"你能陪我说会儿话吗?"

"你妈妈在旁边吗?"

"嗯。"

电话那头没声了。

"喂,李然,你还在吗?"

"嗯,我在,小雨,下次咱们见面说吧。"

"嗯……那下次见面说。"

陈小雨把手机还给王得胜,王得胜刚要摸她,她就用被子盖住自己的头。她感觉妈妈和李然之间有什么秘密。小孩的事大人了如指掌,大人的事小孩无权过问,真不公平。她躲被窝里扳着手指头数数,王得胜问她数什么呢,小雨说,等自己数到三十岁,她就长大了,她要是做了妈妈,绝对不会骗小孩。

"等你做了妈妈,就知道妈妈的不容易了。"王得胜关了灯,一晚上睡不着觉。女儿稍一动,她便警觉起来,总担心天一亮,女儿就从她生命里消失了。

次日,王有福叫来一台面包车,王得胜带小雨上车,去了一所盲人学校。她们走到一间教室门口,陈小雨听见教室里的小朋友正在一起念诗。

一去二三里,烟村四五家。亭台六七座,八九十枝花。

孩子们念得很大声,念完后,老师又说:"小朋友们,我们再一起念《春晓》。"大家又一起念《春晓》。

春眠不觉晓，处处闻啼鸟。夜来风雨声，花落知多少。

"小雨，你听到了吗？在学校里我们可以学到很多知识。"王得胜说。

下课后，老师带着孩子们从教室里出来，去操场做游戏。老师见王得胜来了，让王得胜带着小雨一起加入游戏。这些孩子都看不见，得排成一竖排，拉着前面同学的衣服，跟着哨声往前走。到操场后，孩子们默契地围成了一个圈，老师在中间敲鼓，孩子们要在鼓声中把花球传给旁边的同学。一喊停，花球在谁手里，谁就要去表演节目。小雨第一次玩这个游戏，很紧张，花球一传到她手里，她直接往天上一扔，咚地一下又砸到自己脑袋上。

"陈小雨，就你了。"

老师和王得胜鼓励小雨上前表演节目，小雨倒不怯场，提了提裤子，走到了圈子中间。老师向孩子们介绍这个新朋友，孩子们鼓起掌。

"小雨，你要给我们表演一个什么节目呢？"老师问。

"我给大家唱首歌。"

小雨有模有样地清清嗓子，唱起歌，唱着唱着，大家跟着一起拍手。唱完后，老师让小雨伸出手，在她手背上贴了一朵小红花。

"这是什么？"小雨问。

"小红花。奖励给我们的小歌唱家！"

小雨终于笑了，这是她人生第一次收到小红花。

王得胜看到这幕，眼泪止不住地落下。她觉得自己对女儿有太多亏欠和不舍，但孩子总要长大，总要离她而去。

上了一天的体验课，小雨有些意犹未尽，她从来没有跟宋小彪之外的孩子玩得这么开心。王得胜告诉小雨，这些孩子跟你一样，眼睛都看不见，但是大家生活在一起，就会像天上的小星星，一闪一闪眨眼睛，把黑暗的天地都点亮。

小雨听出来了，妈妈是想把自己送到这所学校里，她仍然非常抗拒上学。

王得胜又说：“小雨，你已经七岁了，以后要学很多知识，有些知识是妈妈和李然教不了你的。学校是每个小朋友都要去的地方，在学校里，你不仅可以学习知识，还会认识很多新朋友，长大了，也会是非常好的朋友。”

小雨还是害怕，她已经习惯了在家的生活，习惯了被锁在那个卧室，一方小小的天地，有妈妈就足够了。而且，妈妈还没有告诉她，为什么不让她跟李然学琴，只要她不说，小雨就不会答应她。

王得胜了解女儿的脾气，也反思起自己对孩子的隐瞒实质上是一种不尊重孩子的行为，也是一种权力的压制。成为父母是人们获取权力的捷径，但母女的相处之路何其漫长，没有捷径能走。她决定向女儿坦白。

"小雨，妈妈答应过你，不再跟你说谎，妈妈打算告诉你一些事情，但是妈妈希望你不要生妈妈的气。"

"妈妈，你说吧，别跟我提条件，生不生气先等你说完。"

王得胜觉得女儿长大了，会跟她谈判了。她不想对女儿再隐藏什么，她迟早是要知道的。王得胜的两只大手握住女儿的两只小手，内心如一汪清泉般平静。她说："妈妈是个胆小的人，妈妈和你一样，也想一辈子待在那间房子里，你永远这么小，我永远这么大。妈妈想把所有的爱都给你们，但有时候，爱也会让人做错事。你哥哥出事后，妈妈向警察撒了谎，妈妈那时候只想到保证你们两个孩子平平安安，但妈妈真的犯了一个很严重的错误……"

　　王得胜把事情一五一十说给陈小雨听，陈小雨毕竟才七岁，并不了解事情的严重性，妈妈是欺骗了警察，可在大人的世界里，说谎不是正常的事情吗？下次我们改正还不行吗？

　　王得胜向女儿解释："小雨，人和动物是不一样的，动物有动物世界的法则，社会有社会的法律，人得受到法律约束才行，不然人就真的变成动物了。在法律上，妈妈是犯了罪的。李然他要起诉我，如果法官判我有罪，我就要去坐牢。"

　　"李然为什么要起诉你？"一听到妈妈要坐牢，小雨才真正慌张起来。

　　"小雨——李然就是莫妮卡的爸爸呀。"王得胜向女儿讲出了这个秘密，这根刺迟早要拔出来的。

　　小雨震惊了，她不敢相信大人们生活在一个如此戏剧性的世界里。

　　"李然怎么会是莫妮卡的爸爸呢？"她想起以前李然和她说的话，他说他有个女儿去了很远的地方，他们再也没办法见面。她现在终于知道为什么李然不来给她上课了，为什么妈妈要把她送

第十九章　呐喊　　217

到学校去了。

想到这里,小雨哭起来:"妈妈,我不想让你去坐牢。我们一起去找李然,我们去跟他道歉。"

王得胜抱紧女儿,心里满是亏欠:"道歉不能解决所有问题。妈妈要为自己的行为承担责任,否则妈妈就永远无法教育好你们。等你长大了,你就会明白。"

"不要——妈妈,我听你的话,我不学琴了,我在这里上学,我们不回家了。"

小雨的脑中浮现出一幕幕和李然在一起的影像,她觉得李然才是这个世界上最大的骗子,她把他当最好的朋友,他却要把妈妈送进监狱。

"李然,我恨死你了。"

第二十章　真相

王得胜消失了，陈小雨也消失了，母女俩一时间不知去向，就如两颗水滴蒸散于空气中，她们存在着，却又找不到有关她们的蛛丝马迹。

李然准备好报案材料，将报案说明书提交给辖区派出所。一周后，李然收到了公安局的《不予立案说明书》。

吴月婵跟吴德彪提出异议，吴德彪说："李然没有确凿证据，光靠证词，无法证明王得胜有犯罪事实，公安机关和人民检察院很难予以立案，只有达到立案标准，人民检察院才能对嫌疑人进行公诉，再由人民法院进行宣判。而且案子先前已经判了，若是没有重大证据，很难进行追诉。"

看上去，这起案件就像一块沉到湖底的石头，再激不起涟漪。吴月婵心里同情这对母女，但这并不能让她放弃对真相的追踪，现在线索断了，她们的脚印消失了，这让她极为失落。吴德彪倒挺佩服女儿，自己当了半辈子警察，见多了那些不了了之的案子，他真想不到女儿身为一个记者，却在这起案子上展现出如此坚韧的品格。他觉得女儿独立了，是一个真正的好记者，不能再拿父亲的身份去训导她，而应该去学习她勇于打破自身限度的勇气。人一旦对这种限度屈服，把自己局限在一种妥协性的理性中，那他定然会成为一个失败的胜利者。

李然认为王得胜一定是跑了，电话也停机了，这女人始终棋高一着。天涯海角,到底上哪儿找她？他和小雨也很久没见面了，她的琴练得怎么样了？她现在一定很恨他吧？也许他根本不该奢求她的原谅，对一个孩子而言，她本就不该承受如此沉重的谎言和背叛。

金城小区的搬迁通知下来了，新年后，部分工厂将关闭运营，住这一带的工人也将逐渐撤离。再用不了半年，这一片区将被全部推倒。所有的人与事、证据和谎言，将被全部掩埋在沙砾中，随着风尘消散，时间一久，便被这座城市遗忘。

李然无法接受这样的结局，若结局如此，他这辈子都剔不掉这个症结，直至有一天它溃烂了继而导致自我的灭亡。

他总是徘徊于王得胜家门口，透过窗看进去，家里的摆设如初，那张折叠桌似乎能投射出他们三人曾经用餐的影像，耳郭似乎也能捕捉到一些回音，总觉得谁在喊他的名字。

李然——

李然——

他等着她们母女回来，日复一日，也说不清是为了寻仇还是叙旧，是恨还是怀恋。他就靠在阳台上，俯瞰着楼下三三两两的人群。一缕阳光从云层边缘透射下来，融了他睫毛上的霜，几片雪花懒洋洋地落下，它们宠辱不惊地飘向这座灰色的城市。雪越下越大，宛如给这座城市披上了一层轻盈的白纱。

他盖着这层纱，打了个瞌睡，那种熨帖感犹如进入了母亲的子宫。

临近傍晚，王得胜隔壁的住户回来了，他们有一个冰柜曾经落在出租屋里没搬走，这次回来就是为搬走这台冰柜。门是开着的，他们发现冰柜一直有人用，于是便开始清理冰柜里的东西。

李然清醒了，走到他们旁边，看着他们清出了一包包的冻肉，都是王得胜留下的。其中有一只泡沫塑料袋，特别鼓，包了好几层。冰柜被住户搬走后，李然捡起那只泡沫袋，他用王得胜放在阳台水池上的削皮刀将泡沫袋戳开，一层一层扒下来。

里面包着的是一只猫，是女儿生前的宠物猫。

案件的转机来了。

李然马上打电话给吴月婵，吴月婵收到消息，即刻放下工作，冲出办公室，匆匆到达现场。当她看到那只猫后，一些盘根错节的疑惑解开了。

"我早料到这只猫是关键。在宋小彪的供词里，他没有提到这只猫的下落，对此一无所知。而现在猫出现在冰柜中，就说明猫一开始就是王得胜藏的，起初为的就是不让警察查到你女儿曾经去过她家。还记得那个跟踪王得胜的人吗？她一直没有把东西转移出去，一定是怕被他查到，这足以说明她想掩盖宋小彪的犯罪事实。"

李然将那只猫搂在怀里，倒在地上，带着哭腔笑了起来。

第二十章 真相 221

李然准备报案。这时候，吴月婵接到了吴德彪的电话。"月婵，王得胜来了。"

李然和吴月婵都不敢相信，王得胜居然投案自首了。

李然和吴月婵赶往公安局。王得胜是一个人来的，没把女儿带在身边，她不敢面对李然，就让吴月婵作为李然的代理人与她会面。在审讯室，她陈述了所有关于她如何替宋小彪清理案发现场的犯案事实。李然女儿失踪那天，她是知情的，她清理了案发现场也极大程度上干扰了警方后续的调查。她说自己身为母亲，逃避责任，也对不起那个无辜的小生命。

在被拘押前，她又给吴月婵讲述了一段发生在案发前的故事，一个关于王得胜与宋小彪之间的秘密，吴月婵这才意识到，王得胜并不只是一个隐形的共犯这么简单，案件的真相也并不只存在于案发现场，而是贯穿了王得胜整个凄怆的人生。

王得胜与宋小彪的第一次见面是在她与宋山明的婚宴上，宋小彪是唯一一个参加父亲婚宴的家属。这场婚宴只摆了三桌，来的多是宋山明所谓的江湖兄弟。王得胜对宋小彪的第一印象，是留着短发，个子不高，智力有问题，但很安静。

当时宋小彪只有十六岁，在婚宴上偷喝了白酒，足足六两，结果酒精中毒。宋山明当时已酩酊大醉，王得胜在新婚之夜将宋小彪送往医院，在病房里守了一夜。宋小彪醒后，见王得胜穿着婚宴的旗袍趴在他床边，只对她说了一句话："你别被我爸骗了。"

王得胜没放在心上，就觉得这个孩子很孤僻，她认为自己既然嫁给宋山明，那宋小彪也是自己的儿子，该尽的义务她便尽，用点诚心，给点关爱，孩子至少不会讨厌她，毕竟自己的孩子残疾，两家人以后成为一家人，相互照应，日子总会越来越好。

婚宴过后，王得胜提出要给宋山明的家人送喜糖。宋山明让她别去，王得胜很固执，偏要跟宋母见个面，哪怕母子关系不好，我这儿媳妇总没得罪你，用点诚心，给点关爱，总会相处得越来越好。

于是，王得胜和宋山明带着小雨和宋小彪去了宋母的面馆。宋母忙忙碌碌，没空招待，就下了几碗面条给他们吃。王得胜随身带了一瓶自己做的辣酱，就着面条吃，宋母看了，认为王得胜没礼数，嫌自己的面不合胃口，就使了点脸色，阴阳怪气了几句。这是王得胜头一回在宋山明家碰钉子。

王得胜本以为和宋山明结了婚，她就能带着小雨搬到宋山明家去住。虽说这里是个小岛，但周围有海，环境也不错，一间面馆，人来人往，热热闹闹，时间久了，自己和女儿就能扎下根来。但宋山明却提出要搬过去跟王得胜住，就留宋小彪在这里。王得胜不解，宋山明解释道，母亲年事已高，以后会把这间面馆传给自己，家里还有一张牛杂秘方，传了好几代了，两人以后把这间面馆好好经营，就能过上小康生活。王得胜同意了，每到休息日她就会来面馆帮忙，与宋山明家人的关系不痛不痒。有时，她见到面馆里的客人聊天，就会问宋小彪他们在说什么，她想学点当地的方言，跟客人打好关系。宋小彪不喜欢王得胜，觉得她学起方言来怪腔怪调，王得胜一跟他说话，他就朝她吐舌头。有时候还会戏弄王得胜，把她头上的发簪抢走。

后来王得胜才知道，原来宋山明败光了他母亲的养老钱，所以才不受一家人待见。这笔钱，都是宋母一碗一碗面烧出来的，一烧就是几十年。如今，面馆的生意没以前好了，宋母年事高了，这个家没以前有派头了。

宋山明的大哥宋开明打算重新装修店面，他让宋山明出钱，就当把欠家里的钱还了。宋山明哪有钱，就问王得胜要。王得胜说自己也没钱，宋山明戳穿了王得胜，他说："你前夫死了不是有一笔赔偿金吗？你把钱拿出来，就当入了股，这间面馆就有你一份，你女儿下半辈子也有个依靠。"

王得胜想了几天，最终同意，她想自己出了力，入了股，就是老板了，这样她和女儿以后在宋家也有底气，总不能一辈子在殡仪馆干活儿吧。

王得胜取出存折，把钱给了宋山明，宋山明拿到钱后，当晚就消失了。面馆没装修成，王得胜还被宋家奚落一顿。宋开明收走了宋山明那间屋子，把宋小彪也赶了出去。这样一来，王得胜不仅损失了四十万，还得替宋山明养儿子，这是她人生中做得最大的一笔赔本买卖，几乎把这辈子都搭进去了。

宋小彪起初不肯跟王得胜走，但因为宋山明的关系，他在这家也没容身之处。王得胜看不得孩子可怜，就带走了他，心想哪一天宋山明回来，就把儿子还给他，再把钱要回来。考虑到家里多了口人，殡仪馆的宿舍也挤不下，于是她辞了工作，做起家政保姆，搬到了市区的一个老小区里。那里租金便宜，屋子也宽敞。

跟宋小彪相处日深，王得胜发现，宋小彪也不尽然是个傻子，在某些方面宋小彪很细心，会给女儿穿鞋子、系鞋带、倒尿盆，还会用各种小把戏逗女儿开心。两兄妹没血缘关系，处得比亲兄妹还亲。不过在外面，宋小彪又总惹出事，要是有谁说他妹妹一句坏话，他就会发脾气，甚至动手。直到有一次，宋小彪喊了王得胜一声"妈妈"，王得胜哭了，她从此便把宋小彪当作自己的骨肉。一家三口，相依为命。

三年过去了，宋山明活不见人，死不见尸。王得胜对宋山明的恨与日俱增，作为一个大龄女性，要独自抚养两个孩子，其中的苦只有自己清楚。宋小彪身上毕竟流着宋家的血，她不能让这个孩子永远跟着自己吃苦，他也没有义务一辈子替她照顾女儿。所以王得胜一有空闲，就带宋小彪回面馆，想让宋家认这个孩子，以后能给他一个保障。宋小彪知道王得胜的用意，但他不愿意回去，他心里认定要当她一辈子的儿子。

王得胜有她的善良、慈爱，同样，她也会怒，会滋生恶。善与恶，凶怒与慈悲，一念之间，这一念，深于沧海。

在王得胜决定"杀"了全家之前，她拿到一份诊断报告，她患上了肺癌，到中期了。主治医生告诉她，大概率是因为她从前长期在矿地工作，一些碳氢化合物、镍、铜、锡、芥子气等物质，均可诱发肺癌。探寻病因已不重要，怎么安排接下来的人生是她的大事。不只是她自己的人生，还有两个孩子的人生，这让她陷入了深深的焦虑与痛苦，他们三人的命运早已被牢牢绑在一起。

那日，是宋母八十岁寿宴，宋开明通知王得胜，带上宋小彪一同去吃家宴。王得胜第一次受到宋家的正式邀请，原本早已撇清关系，如今让她看到转机，她没有不去的道理。当然，她不为自己而去，她的病治不好，她的命改不了，她要改的是两个孩子的命。

寿宴那天，宋小彪闯了祸，他把小区里的一个孩子打得有点脑震荡。王得胜带着宋小彪亲自上门道了歉、赔了钱，把事情平息。然后，她借了一台面包车，搬了几箱祝寿的海鲜，带着宋小彪去参加宋母寿宴。车里没空调，宋小彪和王得胜热得全身是汗，王得胜在一家小卖部门口停下，买了一瓶汽水，扔给宋小彪。宋小彪笑了，他最爱喝橘子汽水，刚喝几口，又把剩下的一半递给驾驶位的王得胜，王得胜也喝了一口。

宋小彪问王得胜："你带我去哪儿？"

王得胜说："去你奶奶家。"

宋小彪说："我不想去。"

王得胜说："你必须得去，那是你本家，你的根在那里。"

宋小彪说："我以后跟你姓王。"

王得胜说："姓王姓宋，你都是你自己。"

宋小彪说："求你啦，别带我去。"

王得胜说："小彪，你十九岁了，不是一个孩子了。我有点事要跟你说。"

宋小彪问："什么事？"

王得胜说："妈妈想开一间面馆，一间属于我们自己的面馆。你奶奶家有一个祖传的牛杂秘方，我们去把它讨过来。有了这个秘方，我们就能把店开下去。"

宋小彪问："为什么你要开面馆？"

王得胜说："我会老，也会死，我要是死了，谁来养你们？人活在这世上得有门手艺，有了手艺就能把饭端起来吃。你奶奶不是靠这碗面活了八十岁吗？还养大了两个儿子。"

宋小彪说："我不需要你养，以后我养你。"

王得胜说："你能养我个屁。我是外人，我没资格拿那个方子，但你姓宋，你有资格。等面馆开起来，你跟我一起干，以后这间面馆就是你的。有了面馆，你就能把这个家撑起来，把你妹妹照顾大，以前她靠我养，以后她要靠你。别人都说你傻，但我不这么认为，你能把事情做好，只是需要控制情绪。我王得胜聪明得很，你是福星，我们家以后都得指望你。"

宋小彪不理解王得胜说的话，只知道王得胜要去拿一个东西，这个东西很重要。他听王得胜的，她说要开一间面馆，那就开一间面馆，有了面馆，他就能靠手艺吃饭，就能照顾她们。

王得胜又说："宋小彪，你记住，这本来就是属于你的东西，你要去争取回来。我们靠自己，不欠别人的，只要我们不欠钱，不欠人情，我们就跟别人一样富，一样有尊严。"

宋小彪说："我知道了。"

两人赶到宋家，宴席开始，来的有宋母的几个侄子、侄子的儿子，宋开明的女儿宋璐也从国外回来了。饭桌上一桌好菜：铁板蛏子、红烧杂鲜、四喜烤麸、盐水杂螺、海蜇头、炒墨鱼、腐皮包黄鱼、酱蟹、白蟹年糕……亲友们齐聚一堂，攀谈着，话题一直绕着宋璐。宋璐从小到大学习好，现在是高才生，海归，她说她准备回国发展，入职一家外贸企业，做市场部经理，年薪三十万。众人纷纷称赞，说宋家祖上积德。要是宋小彪能有他姐姐一半好，就是祖坟冒青烟。

宋小彪听了想走，王得胜拉住了他。两人坐在一块儿，不说话，也没什么存在感。等宋母落座后，宋开明端上长寿面。

不出大伙所料，饭吃到一半，宋母从口袋里拿出一个荷包，荷包里是一张纸，上面密密麻麻写满了配料，这正是宋家那锅祖传的牛杂秘方。宋母说，她年事已高，怕哪天死了，这方子还没传下去。今天是寿宴，是喜事，下一回，大家再聚到一块可能就是白事了。她要把方子传给宋璐，宋璐是女儿，但也姓宋，宋家不重男轻女，她有本事，能把生意做下去。哪怕不做，也可以卖了，上次就有一个人花一百万问她买这个方子，她没卖，卖了就对不起祖宗。现在她想开了。说完，她把配方纸又装进荷包，交给宋开明。宋开明让宋璐给奶奶敬一杯，宋璐敬完酒，说要在群里发个大红包让大家一起开心一下，于是宋璐发了红包，大家抢起了红包，王得胜不在群里，只能干坐着，但心里的火已经压不住了。

憋着憋着，王得胜憋不住了，她不顾脸面，冲着宋母说："妈，宋小彪也是你们宋家人，你也给他一份。"

宋开明抢一步说道："这个秘方只能传一人，是规矩。"

王得胜不解，她说："宋璐已经是高才生，有脸面有收入，光宗耀祖了。宋小彪以后得有门手艺，不然他在社会上怎么立足？"

宋母眯着眼，不发言，打心里瞧不起这个孙子，她还在为宋山明败光了她的养老钱耿耿于怀。她想要是传给了宋小彪，他肯定和他爸一样，迟早把家败光。

宋开明不信耶稣，也不信佛，他不用装慈悲，便替宋母把话说了："王得胜，你是不是自己想要？我看你一直惦记这个秘方，你嫁到我家来，不就是为了这个吗？"

王得胜把筷子往桌上一敲，宋家人都被她震得屁股一撅。望着这群白着眼珠的食客，王得胜索性把话挑明："我前夫的死亡赔偿金有四十万，当时也是你们说要翻新店面，我才把钱拿出来。我从你们这里没捞一点好处，还把后半生搭进去了，我就算是要这方子，也是你们欠我的。"

宋开明也没给王得胜好脸色，当着一众亲友碎了一只杯子："你胡说什么？你的钱是宋山明拿走的，关我们什么事？"

王得胜不示弱，也往地上碎了一只碟子："你们倒会撇责任，撇得比我给女儿擦的屁股还干净，联合起来欺负我一个女人是吧？是，我是外地人，我不吃你们的，不拿你们的，凭什么瞧不起我？别在那儿讲方言，我听得懂，我要是听不懂，宋小彪会给我翻译，他现在是我儿子。自从我嫁到你们家来，我得罪你们什么了？看到我就翻白眼，好好做人，只有死鱼才每天翻白眼。宋小彪，我们走。"

说完，王得胜和宋小彪站起来，出了门，把车上的两箱货卸在面馆门口，卸完上车。

一路上，王得胜和宋小彪一直没说话。王得胜一想到这家人的嘴脸，就气得猛踩油门，有那么一瞬间，她甚至想从桥上开下去，淹死得了。但一想家里还有个女儿，她又踩了刹车，回头再看看宋小彪，心里更不是滋味。她开始思考，为什么宋小彪能和她做母子，因为他们都是烂命一条，与其说这是缘分，不如说是宿命。

王得胜心里起了个念，杀念。作为一个弱势的女性，她惩罚不了别人，只能惩罚自己。王得胜觉得自己命不久矣，两个孩子没了她，以后也是这个命。她买了一包老鼠药，决定一家三口一起死。这事不能跟孩子商量，他们理解不了。等下了地狱，她自己会下油锅，若投了胎，这辈子欠的下辈子还。

那日，她做了块蛋糕，把药混到蛋糕里，据说这药是从印度进口的，特别毒，见效快，老鼠吃了一分钟就死。王得胜准备了一桌菜，三人吃完，她从餐柜拿出蛋糕，准备给孩子切。这刀刚切入蛋糕两寸，就犹如往她的心口切入了两寸。她疼得要命，下不去手。

宋小彪察觉到王得胜的异样，问她为什么不切了。

王得胜说："等明天吧，明天我生日，下班后再一起吃。"

于是，她又把蛋糕放进餐柜里，暂且给三人的命再续一天。

宋小彪觉得王得胜不对劲，自从那晚他们参加寿宴回来后，王得胜每天魂不守舍，郁郁寡欢。他告诉王得胜，他不想要那张方子，他可以去打拳击赚钱。王得胜说，她现在不是为了争那张方子，而是想争一口气，人要是争不来这口气，就只能咽气。

次日，王得胜去工作，宋小彪在家照顾陈小雨，小雨有些发热,浑身不舒服。宋小彪问她想要什么,陈小雨说想跟莫妮卡玩。前几天他们三个一起玩过,相处得不错,尽管她的猫让小雨过敏,现在还有点后遗症。莫妮卡是这片小区里唯一愿意跟他们兄妹玩的孩子,她和他们一样,都没爸爸,三个孩子便有了共同话题。于是,宋小彪让陈小雨在家等着,他去公园里找找看。宋小彪到了公园,没见到莫妮卡,于是就在那里等,等了一个多小时后,莫妮卡带着她的猫出来了。宋小彪问她愿不愿意跟自己回家,他们三个人可以一起开个派对,莫妮卡同意了,但是要把猫一起带上。宋小彪也同意了,只要不让猫碰到他妹妹就好。

  宋小彪把她带回家,陈小雨在房间里睡着了。宋小彪对莫妮卡嘘了一声,说:"我们在客厅里等一会儿,等妹妹醒了再一起玩。"莫妮卡说好,她带了贴纸本,她可以先玩贴纸。宋小彪让莫妮卡在家里等他一会儿,他下楼买三瓶汽水,橘子味的,待会儿三人一起喝。

  宋小彪走后,莫妮卡在家里转了转,开了餐柜,看到一块蛋糕摆在里面。没等宋小彪回来,她先吃了两口。宋小彪回来后,莫妮卡已经中毒,人躺在地上,全身抽搐。她的猫也不见了。宋小彪看到地上那块蛋糕,他想明白是怎么回事了。这时妹妹醒了,他走进房间让她别出声,并把门锁了起来。面对中毒的莫妮卡,他连忙跑出门,敲附近邻居的门,没人在家。宋小彪又折回自己家,此时莫妮卡两腿伸直,已经死了。他看着她的尸体,自己也僵住了,蹲到墙角不停抓着头皮。过了一会儿,他抱着莫妮卡跑了出去,他大喊了两声,路上一个人也没有,由于太过害怕,他抱着莫妮卡走到宿舍后面一栋废弃的居民楼里。然后一个人回了家，把地上的东西擦了擦，假装什么事也没发生。

与此同时，王得胜反省了一天，她觉得自己过于自私，她拼命努力地活着，就是为了过上平凡的生活。活一年是一年，活一天算一天，搭上孩子的命不值得。她提早半小时下班，到家后，两个孩子正在卧室里听动物世界广播。她合上门，打开餐柜，蛋糕不见了，她又连忙去卧室看孩子，两人一点事也没有。她心慌起来，但不敢问孩子是不是吃了蛋糕，又或者，那老鼠药就是假的。他们照常吃了晚饭，宋小彪和王得胜谁也没提蛋糕的事情。直到警察第一次上门，询问一个孩子失踪的情况，王得胜察觉到不对劲。她问宋小彪有没有见过女孩，宋小彪说没见过，心虚地走进房间。王得胜在家里仔细观察了一番，地上有一些细碎的呕吐物，还有点血渍。她跑进自己房间，看了看床底，床底下有一只猫，是那个女孩的猫，毒死了。一种不祥感涌上心头：家里可能出人命了。那女孩要是死了，她的尸体在哪儿？她很乱，没有头绪，于是开始清理现场，表面冷静，实则恐慌得如一个发作的帕金森病人，擦地的时候手指头都在发抖。清理完客厅后，她把那只猫用泡沫袋包了起来，塞到了隔壁出租屋的冰柜里，用冷货压住。

警察通过监控锁定了宋小彪，他们第二次上门，直接把宋小彪带走，王得胜作为监护人也一同去了警局。警察核实了王得胜的不在场证明，老鼠药是她一周前在附近的杂货店买的，蛋糕是昨天做的。根据监控查证和法医鉴定，女孩确为宋小彪下楼时自己误食蛋糕，宋小彪确有施救行为。两家往日无仇无恨，案件没有动机和预谋。当警察盘问老鼠药是否为宋小彪下的时，宋小彪承认了，咬定是自己做的。警察问他为什么下药，他只说，老鼠，要赶老鼠。看上去一个有认知功能障碍的人确实更有理由在蛋糕里放药，他对自己此举可能酿成的后果毫无预判，再说，一个母亲又怎么会有动机在蛋糕里下药？此案很快结了。宋小彪由于有认知功能障碍，不具备完全刑事责任能力，其过失杀人罪不予追究，被送往精神科收容所接受为期两年的矫正治疗。

　　王得胜没有向警察坦白自己的行为，她不清楚宋小彪是因为过度惊慌承认了一件自己并未做过的事，还是出于他的报恩之心，想保全这个家。没有猜透一个有认知障碍的人的脑子里究竟在想什么，王得胜接受了宋小彪的"牺牲"。对女儿而言，抑或对于这个家而言，这或许是最"有利"的选择。一个人牺牲，好过两个人牺牲，否则自己极有可能被剥夺监护人资格。尽管这让她良心难安，但她没有选择，只能带着女儿好好活下去，等宋小彪出来，他们就一起离开，把这个秘密永远埋起来。

第二十一章　莫斯科

吴月婵和李然等到了真相，下毒的人是王得胜，要"谋害"的人是他们自己一家，死者是李然女儿，抛尸的是宋小彪，王得胜的罪名又多了一条，过失致人死亡。至于那些隐藏在案件背后的故事，无法作为左右案件判罚的根据。

很快，这场案件又重新回到公众的视野中，作为一直以来跟踪这场案件的记者，吴月婵无法书写这篇报道。她被一种强烈的主观情绪支配着，对这个家庭遭遇的同情，对这个女人在底层生活中挣扎的怜悯，为陈小雨和李然之间亦师亦友，又仿佛父女的情感所感动，都会让这篇报道失去它的严肃性。其实，在公正的司法体系下，王得胜和宋小彪根本无需进行这场无声的"密谋"，他们荒谬的舛误，是源于对生活的忧虑，这种忧虑感往往会让人做出超出自我认知范围的"恶行"。

刀刃从来不在一个人手上，而是在命运击鼓传花的游戏中互相传递罢了。

之后，吴月婵辞了职，她不再做记者了，她要当一个作家，她决定将作品的母题聚焦在女性身上，这个世界上有千万个王得胜，有千万个像宋小彪一样的问题少年，还有千万个在困境中生存的家庭。他们是这个社会的弱势群体。他们有呐喊，只是无声，她要把这声音记录下来，哪怕无人听取。

吴德彪也光荣退休了。摘了警徽的日子，他无法很快适应。女儿给父母报了一个夕阳红旅行团，两夫妻去了一趟澳大利亚。一路上，他跟妻子讲起了他当警察这几十年来遇到的事，也向妻子讲到了那个同女儿提过的偷奶粉的人，他认为命运总是给人以寓言，却不做解答，而妻子只有一个结论：你是个傻警察。等他们回来后，发现家门口摆着三箱奶粉。吴德彪笑了。他等到了那个想要的回答。

李然联系到了前妻陈雯，他告知陈雯案件的转机与进展，他们决定一起参加庭审，等待最终的判罚。最后，法院的判决结果下来，王得胜主要犯有过失致人死亡罪、毁灭证据罪……鉴于案件的特殊性以及她的自首情节，依法判决其两年有期徒刑。

王得胜接受审判结果，她的自首是她这一生中对女儿以及对自我最有力量的一次教育。

双方都没提出上诉。

庭审结束后，李然和陈雯在法院门口道别，他们就像是两只从黑暗走向了光明世界的蜉蝣。蜉蝣只有一天生命，但他们的人生都还很长，不必再继续对抗下去。

陈雯离开了，这一别，或许是彼此的永别，所有爱恨情仇一笔勾销。

李然走下台阶，准备离开。就在这时，他看见了小雨，她依偎在王有福身边。

"陈小雨——"李然忍不住大喊了一声她的名字。

小雨听见他的声音,辨别方位后,立刻冲了上去。她揪住他的皮衣,不停地用脚踢他,用拳头打他。

"李然,你这个坏蛋——你坏蛋——我恨死你了——"

李然没有躲闪,任凭她将情绪发泄在自己身上。等她发泄累了,他便扶住她的肩膀。

"你为什么要让我妈妈去坐牢?你为什么这么坏?"

小雨咆哮着,哭着。李然的泪也控制不住落下,她的身影在他的泪光中被打成碎片,当他拭干眼泪,她的影像又被重新拼凑在一起。他看得清清楚楚,一遍又一遍,她从来就不是莫妮卡的影子,她是独立而真实的自己,有自己的喜怒哀乐,有自己的思想,有着让人称奇的言语,有着一股成年人永远也使不出来的劲儿。

是她将自己从那漫无边际的黑暗中拉了出来,她早已是自己内心深处永不能分割的一部分。

李然蹲下身,试着去抱她,她挣扎了一会儿便不再躲闪,她也伸出手抱住李然,两人的泪水从脸颊上滑落,在彼此紧贴的肌肤上熊熊燃烧。

他真希望时间就停留在这个瞬间,然后再无限放大这个瞬间,让自己再沉沦一些,再着迷一些。

"你会不会忘记我?"李然对着她的耳朵悄悄地问。

小雨没有回答,只是哭着。她马上要走了,纵然彼此心中有再多不舍,也到了分离的时候。也许从今往后,他们二人便不再有见面的机会。

就交给命运吧，命运的走向无迹可循，但总会予人回答。

两年后，王得胜、陈小雨和宋小彪彻底告别了这座阳光普照的城市。

李然加入了一支新的弦乐团，他写了一部交响乐章，关于死亡，关于仇恨，也关于宽恕和慈悲，每当他演奏这部乐章，他的脑中总会出现一种奇特的意象，那大提琴上的四根弦，就像是他们四个人的命运。

他们的乐团被选中，将代表中国参加新一届的中俄文化民间音乐交流会。

乐团乘飞机前往莫斯科，李然则选择独行，他带上他的琴，乘着K19次俄式列车从北京沿着西伯利亚铁路开往莫斯科。当列车抵达满洲里，他回忆起曾经试图在满洲里那个昏暗的房间里结束自己的生命，那里差一点就是他生命的终点，但最终，它却成了他人生的起点。

他闭上眼睛，仿佛听见那些虫子正在炙热的灯泡旁拼命地起舞，他听见旅馆外的列车，正一刻不停地开往莫斯科。

（全文完）